《江山如画》系列诗集之第四部

河山之颂

陈明富 著

陕西新华出版传媒集团
太白文艺出版社·西安

图书在版编目（CIP）数据

河山之颂/陈明富著. -- 西安：太白文艺出版社，2022.11
　　ISBN 978-7-5513-2293-5

Ⅰ.①河… Ⅱ.①陈… Ⅲ.①诗集—中国—当代 Ⅳ.①I227

中国版本图书馆CIP数据核字(2022)第236181号

河山之颂
HESHAN ZHI SONG

作　　者	陈明富
责任编辑	葛晓帅
封面设计	神州出书网
版式设计	中正书业
出版发行	陕西新华出版传媒集团 太白文艺出版社
经　　销	新华书店
印　　刷	天津中印联印务有限公司
开　　本	787mm×1092mm　1/16
字　　数	220千字
印　　张	12.75
版　　次	2022年11月第1版
印　　次	2022年11月第1次印刷
书　　号	ISBN 978-7-5513-2293-5
定　　价	59.00元

版权所有　翻印必究
如有印装质量问题，可寄出版社印制部调换
联系电话：029-81206800
出版社地址：西安市曲江新区登高路1388号（邮编：710061）
营销中心电话：029-87277748　029-87217872

目录

一、江苏之颂

壬寅咏雪五首 / 001
三上钟山 / 002
春步紫金山五首 / 003
登红峡谷五首 / 004
观宝卡湖五首 / 006
观汤山猿人洞五首 / 008
观园博园五首 / 009
观绿博园五首 / 011
观粉黛乱子草五首 / 013
石白湖大桥五首 / 014
溧水天生桥五首 / 016
明祖陵 / 018
李巷五首 / 018
龙吟湾二首 / 020
沙家浜五首 / 021
同里十首 / 022
再登九连尖三首 / 025

二、安徽之颂

观黑洞瀑布群三首 / 027
醉卧山村 / 028
溯溪螺蛳湾五首 / 029
望龙门瀑布 / 030
过南漪湖特大桥 / 031
桐坑源大峡谷三首 / 031
观湖村二首 / 033

宿龙川二首	/ 034	捣练子·月夜	/ 175
龙须山五首	/ 035	捣练子·观潮	/ 175
皖韵二十首	/ 037	捣练子·秋	/ 175
		捣练子·秋思	/ 176
		捣练子·秋塞	/ 176
		捣练子·塞关	/ 176

三、江西之颂

宿萍乡	/ 042	渔歌子·春行	/ 177
宿武功山客栈	/ 042	渔歌子·山村	/ 177
登武功山二十首	/ 043	渔歌子·村行	/ 177
婺源十首	/ 048	渔歌子·山间徒步	/ 178
		渔歌子·池荷	/ 178
		渔歌子·溪桃	/ 178

四、其他

梦乡五首	/ 052	渔歌子·观紫藤花	/ 179
秋日小酌	/ 053	渔歌子·秋水	/ 179
辛丑中秋	/ 054	渔歌子·暮秋	/ 179
正高过之二首	/ 054	调笑令·海潮	/ 180
井空里大峡谷六首	/ 055	调笑令·秋山	/ 180
晨闻啼鸟	/ 057	调笑令·溯溪	/ 180
晨醒再闻啼鸟	/ 057	调笑令·漂流	/ 181
壬寅杂诗五百首	/ 058	调笑令·观菜花	/ 181
		调笑令·武功山云海	/ 181
		调笑令·西海落霞	/ 182

附：词五十首

捣练子·春岭	/ 174	调笑令·毛竹	/ 182
捣练子·钓舟	/ 174	如梦令·花开野山	/ 182
		如梦令·鸡鸣	/ 183

如梦令·白桦	/ 183	诉衷情·梦	/ 187
如梦令·道逢山僧	/ 183	忆秦娥·关塞	/ 188
如梦令·溪柳	/ 184	更漏子·观史	/ 188
如梦令·紫金白雪	/ 184	西江月·三峡	/ 188
如梦令·咏老	/ 184	醉花阴·饮酒	/ 189
如梦令·秋荷	/ 185	浪淘沙·凭栏	/ 189
浣溪沙·荷塘	/ 185	鹊桥仙·昨夕又雨	/ 189
浣溪沙·禾	/ 185	蝶恋花·莺啼	/ 190
菩萨蛮·金陵	/ 186	谢池春·秋游	/ 190
菩萨蛮·春岭深行	/ 186	江城子·夜观金陵	/ 191
卜算子·归鸟	/ 186		
卜算子·落霞	/ 187		
卜算子·冬雪	/ 187	**后记**	/ 192

一、江苏之颂

壬寅咏雪五首

壬寅正月初七,金陵降雪,纷纷扬扬,飘飘洒洒,一片银装素裹。初,当雪而未雪者数矣,唯辛丑岁末微雪而已,亦未成气候也。故此雪,皆望眼欲穿,降之,皆喜不自胜也。乃赋此五首。

一

盼雪雪弗来,

梨花一夜开。

远观轻柳上,

飞絮已皑皑。

二

一城皆望雪,

洒洒伴春来。

仙女不得见,

天花千里开。

三

春来雪亦来，

春雪惹诗怀。

柳絮因风起，

犹思谢女才。

四

纷纷空里扬，

地上起白霜。

霜重思明月，

月圆回故乡。

五

春来飞雪飘，

九野尽妖娆。

持剑服天马，

随行万里遥。

三上钟山

壬寅正月初四，恰值立春，余往登紫金山，三上头陀岭。六朝古都，凌空远眺，江山如画，气象万千，遂浮想联翩，颇慨矣！归赋此诗。

三上钟山料峭寒，

足登万尺碧霞间。

大江东去烟波尽,
小屿西浮云垛连。
楼榭亭台犹可觅,
王侯将相已难觇。
风流总是随风雨,
唯有飞鸥天际旋。

春步紫金山五首

壬寅三月三日,余往登紫金山红峡谷。一路穿翠林,越苍岭,跨清溪,过碧湖,云烟弥漫,鸟语花香,心惬而意轩也。

一

春步紫金山,
徜徉林水间。
鸟鸣花懿懿,
渔子钓云烟。

二

春鸟闹云端,
闲行林海间。
鲜花满幽谷,
苍翠掩湖山。

三

春日木苍苍，

折折山径长。

鸟鸣空寂寂，

人没暮云旁。

四

闲步紫金间，

山重水复连。

衣衫入苍翠，

举手抚云烟。

五

山谷水涓涓，

春花含翠烟。

枝头黄鸟唱，

耳畔奏鸣蝉。

登红峡谷五首

壬寅三月三日，往登红峡谷。甫入谷底，苍林掩映，鸟鸣山幽，溪水潺潺，红石散连；溪底多砂砾，亦红色；溪中有虾，虾亦淡红也。再入，则见长谷峭立，直插云霄，谷中巨石磊磊，直摞天阙，石谷皆红，有如云霞也。登谷，如上万丈之梯也，其高危危，其色灿灿，如醉，亦欲仙也！

一

长谷豁然开，
一溪天上来。
大石叠万摞，
霞色荡胸怀。

二

红峡高万仞，
斜上去云天。
溪水潺潺下，
春禽鸣翠烟。

三

红石叠九乾，
霞谷万寻悬。
鸟奏苍林里，
如闻天外天。

四

仰观红谷悬，
落落大石连。
人挂苍天外，
禽鸣九野间。

五

仰登峡谷间，

直抵九重天。
碧水涓涓下,
红石磊磊悬。
蝉鸣苍木里,
鸟咏翠林边。
回看浮千仞,
无风也欲仙。

观宝卡湖五首

壬寅三月五日,往观江宁宝卡湖。宝卡湖者,矿坑所成也,阔数千亩,为喀斯特地貌,产石灰石。立岸下眺,其四围雪白而峭绝,湖面如镜,湛若蓝天,似宝石,亦似瑶池也。近来渐红,慕名而至者甚众,或游观,或露营,或畅泳,或闲钓。览之,不欲归也。

一

碧水映蓝天,
白云曳水间。
飞鸥掠波去,
钓叟举轻竿。

二

四岸断崖高,
清波万顷遥。

寒铜玉娥鉴，
妆罢又含娇。

三

山间有大湖，
水色湛于珠。
沧海难为甚，
蓝天亦未如。

四

峭崖白若雪，
碧水甚于蓝。
钓叟问何欲，
愿垂一万年。

五

四围晔晔峭崖悬，
一水苍苍映昊天。
色湛如蓝甚珠玉，
波平似镜过帛绢。
柳丝袅袅鸣蝉咏，
苇叶盈盈嬉鹭旋。
闲叟垂纶暮霞醉，
今时莫问是何年。

观汤山猿人洞五首

　　壬寅三月三十，往观江宁汤山古猿人洞。亦称葫芦洞，因采石而得知也。洞中空阔，似宫殿数重，多钟乳石、石笋及小丘等，常年水滴不断。洞内发现猿人头骨化石，距今约五十万年，另有动物化石若干。洞顶因采石而穿，有天光射入，洞壁辉煌，引人入胜。余观此洞，所思良久也。

一

汤山耸峙翠林悬，
一洞空空逾万年。
石笋水帘钟乳挂，
依约闻语古猿间。

二

汤山古洞廓如天，
只是先人已不还。
苍岭曾经笼烟霭，
依然林鸟语昔言。

三

苍山幽洞似蓬宫，
可聚神仙可舞龙。
万古昔人乘鹤去，

唯余春笋想无穷。

四

苍山耸耸洞幽幽，
细水长滴笋未休。
迈迈昔人皆已古，
可怜音貌不得留。

五

山峙翠林长，
云烟漫九苍。
悠悠藏古洞，
冉冉晓今乡。
石笋水帘挂，
天光岩壁煌。
白驹逾万载，
黄鹤已西翔。

观园博园五首

壬寅三月三十，往观金陵园博园。此地山峦叠耸，长谷悠悠，楼台隐约，园林苍翠，小桥伴流水，鸟语还花香。观之而意惬，流连而忘返也！

一

长谷碧苍苍，
翠园依势张。
小桥送流水，
鸟语咏花香。

二

一谷翠林多，
苍园上岭坡。
奇花杂异木，
亭榭傍湖河。

三

索道挂山峦，
车驰长谷间。
园林满坡秀，
日暮客人还。

四

苍林满阜丘，
长谷去悠悠。
花放鸣春鸟，
亭台碧水流。

五

长谷翠三春，

风柔浮碧云。
池堤生绿草,
园柳咏黄禽。
亭榭溪波去,
蜂蝶花蕊闻。
一观高岭上,
才晓近天阍。

观绿博园五首

辛丑八月廿五,余与家人往观绿博园,即南京中国绿化博览园。属建邺区,逾千亩,西临长江夹江,多为国内园,亦有国际园及他景等。园中多花草树木,亦不乏珍稀者。步于园中,草木葱翠,鸟语花香,江水傍流,碧湖漾波,令人气定而神闲,流连而忘返也。儿童任游乐,翁媪任闲观。可览神州之美景,亦可观异域之风情。

一
江水去流波,
碧园花木多。
儿童嬉九野,
翁媪已出国。

二
碧水绿园连,

鲜花放宇寰。
林禽鸣异域,
还在应天间。

三
园柳奏鸣禽,
鸥声江上闻。
神州览秋日,
还见异国氛。

四
秋日走江南,
已观寰宇间。
园禽鸣翠柳,
碧色映蓝天。

五
秋览绿博园,
苍苍江水边。
湖池傍花径,
草木映云天。
枝上黄禽唱,
空中白鸟旋。
才观九州色,
便见异国颜。

观粉黛乱子草五首

辛丑八月廿五，适逢国庆，余与家人往观绿博园。于出口外一低坡上，见满坡粉黛乱子草，正值花期。观之，一片粉红，轻柔而袅娜：如烟，似雾；如霞，似纱；如雨虹，似衣衫；如桃蕊，似渔火；如痴，如幻，如梦也。

一

春日漫桃烟，

朝霞天上悬。

一江渔火起，

玉女舞云衫。

二

袅袅若绯花，

柔丝如粉纱。

轻虹浮玉女，

疑似在仙家。

三

一片霞光里，

千丝万缕间。

风吹云锦动，

仙女步娟娟。

四

如雾又如花，
似屏还似纱。
朝霞波上远，
夕色岭头划。

五

天边一抹云，
桃蕊放三春。
仙女浣河侧，
轻衫飘九垠。

石臼湖大桥五首

石臼湖，位于金陵南，介苏皖间，湖波浩瀚，一望无际。石臼湖特大桥，长逾万米，为公路与轨道两用桥，雄奇优雅，已通车数载。余常游皖南，数过之。驰于桥上，飞于波间，览浩浩之烟霞，望渺渺之云空，水天一色，实虚莫辨也。人在飞，心亦在飞。行于石臼，如在九天，非仙，亦仙也。

一

碧波如镜照蓝天，
遥望一桥浮九玄。
大道飞车伴鸥鸟，

直通银阙做神仙。

二

碧湖浩浩水涵涵,
不辨云波连九天。
万里长桥凌浪去,
飞车烟鸟到仙坛。

三

一桥飞架浩虚间,
万里苍苍渺若烟。
云入波中水如镜,
落霞白鸟共浮天。

四

夕阳冉冉洒金霞,
石臼湖中灿若花。
浩浩烟波九天荡,
一桥飞架去仙家。

五

远观石臼水渊渊,
万里烟波去九玄。
千浪叠吹皱明镜,
一桥飞架越长天。
飘飘白鸟云中舞,

粲粲红霞湖上涵。

纵骋浩虚人未老,

不登蓬屿也成仙。

溧水天生桥五首

　　天生桥,溧水一景也。其下为人工运河,即胭脂河,凿于明洪武朝,为漕运而建,连石臼湖与秦淮河,长约十五里,焚石劈山而成也。天生桥,乃穿石而成,初有二桥,惜南桥百余年后即崩塌,今仅存北桥。胭脂河之得名,乃因昔焚石凿河时,石留红色,犹如胭脂,故名。天生桥下,烟水悠悠,悬崖壁立,林木葱茏,鸟语花香。舟驰波上,如行崇山峻岭也,令人流连忘返,不忍舍去。天生桥,已六百余秋,时光荏苒,悠悠而逝。余游天生桥,亦十余载矣,每思之,感慨良多也。

一

石臼秦淮一线连,

胭脂荡漾断崖间。

天生桥下舟如马,

六百春秋渺若烟。

二

天生桥下任轻舟,

红壁苍林绿水流。

一岭中开两崖立,

胭脂六百去悠悠。

三
碧水悠悠桥下流，
桥无人架水无休。
苍林鸟语高崖峭，
两壁胭脂一叶舟。

四
双壁危悬一岭开，
胭脂流淌碧波来。
苍林红蕊鸣烟鸟，
长涧轻舟已畅怀。

五
天生桥下万寻渊，
一岭中开水若烟。
红壁危崖邻翠木，
碧波长涧映苍玄。
花香飞鸟枝头咏，
风起行舟浪里前。
昔日焚石皆已去，
胭脂六百淌江南。

明祖陵

明祖陵，地处盱眙洪泽湖畔，乃明太祖朱元璋之高祖、曾祖、祖父之衣冠冢及其祖父之实葬地也。始建于明洪武朝，后成祖朱棣又增建棂星门等，前后历时二十八载，宫殿楼宇，奕奕峨峨。后因黄河夺淮入海，遂没于洪泽湖下，达三百年之久，其殿宇多圮，少量犹存。丙戌八月廿五，往观，慨于世事之沧桑也。

洪泽湖畔起朱墙，
一片皇陵映九苍。
画栋雕梁身后帝，
钩心斗角梦中王。
春来秋去尽弗览，
水落石出终莫藏。
六百悠悠风雨逝，
纵然奕奕也沧桑。

李巷五首

红色李巷，位于溧水之白马镇，山环水绕，恬静淡雅，乃昔日新四军苏南抗战指挥中心也，有"苏南小延安"之称，陈毅、粟裕等皆曾战斗于此。辛丑八月廿七，余往李巷，观老巷旧居，望红旗飘飘，思烽火岁月，想悠悠往事，不禁慨然，久久而未静也。

一

苍山碧水战旗飘，

遍地烽烟皆已遥。

弹指春秋去八秩，

旧居老巷涌心潮。

二

一片田园山水间，

曾经烽火战江南。

红旗猎猎吹连角，

倭寇惶惶逝若烟。

三

苏南李巷似延安，

战马啾啾倭寇寒。

碧水青山人已去，

忠魂万古炳苍玄。

四

田园如画旧居连，

昔日烽烟白鹭旋。

多少英雄献忠骨，

流芳青史万年间。

五

回峰山下碧波长,

黛瓦轻盈接粉墙。

白鹭飞飞田漠漠,

红旗曳曳木苍苍。

凶凶倭寇三生鄙,

烈烈英雄万古芳。

昔日连天烽火去,

故居依旧守南乡。

龙吟湾二首

辛丑八月廿七,余与家人再往龙吟湾,打板栗,挖红薯,自然之趣,劳作之乐,皆溢于言表。流连忘返,不欲归也。

一

一山板栗万枝悬,

大小儿童皆举竿。

敲碎白云满天曳,

敲飞笑语到苍玄。

二

几田红薯碧藤牵,

牵到天边不欲还。

垄上儿童觅根隙,
拽出一串笑声癫。

沙家浜五首

  沙家浜,隶苏州常熟,有唐市、横泾古镇。其境地势低洼,水陆交错,河湖纵横,芦苇丛生,乃江南水乡也。泛舟其间,鸥飞鹭舞,水天一色,人间之天堂也。亦为抗战之地,今有纪念馆,京剧《沙家浜》亦由此而来。乙未三月廿一,往观,后赋。

一

碧水汤汤桥榭连,
小船摇曳苇荻间。
几只鸥鹭丛中起,
一曲渔歌荡远天。

二

古邑临波水榭长,
碧湖荡漾苇苍苍。
白云飘过渔歌起,
一片落霞鸥鹭翔。

三

水边亭榭水中桥,
片片荻花轻橹摇。

波荡云飞白鹭起，
诗情直引到丛霄。

四

荻苇萋萋湖浩茫，
渔歌飘荡鹭鸥翔。
江南昔日烽烟起，
倭寇惶惶惧水乡。

五

一片楼台碧水长，
蒹葭采采屿苍苍。
夕霞粲粲柔波动，
朝露泞泞细叶张。
舟过轻歌伴风起，
鹭飞曼舞对云扬。
他年烽火斩倭寇，
今日漪漪如画廊。

同里十首

同里，隶吴江，江南古镇也。古称"富土"，唐曰"铜里"，宋曰"同里"。初建镇于宋，已逾千载矣。此地河网密布，家家临水，户户通舟，乃水乡也。古迹犹存，明清居首，其府邸、园林、祠宇等随处可见。泛舟河波，徜徉巷陌，拜谒古居，漫步园林，观止而忘返也。古云"天上天堂，地下苏杭"，同里，乃人间天堂也。乙未三月廿二，往观，后赋。

一

一座退思园，
临波二百年。
飞檐承日月，
台榭照婵娟。

二

江南尽水乡，
青瓦映白墙。
桥下舟楫过，
千年如画廊。

三

人在门前坐，
船于水上游。
千年风雨去，
落日照白楼。

四

小舟桥下游，
碧水映亭楼。
古巷守千载，
风流皆已休。

五
弹指越千年,
风流去若烟。
水边亭榭里,
吴曲唱依然。

六
古邸巷边连,
舟行楼影间。
曾经车马过,
知是远人还。

七
长巷锦轩还,
舟行碧水间。
春花秋月里,
默默已千年。

八
乘舟同里游,
两岸尽亭楼。
行在天堂里,
时光不欲流。

九
妆楼临水筑,

玉影照婵娟。

巷陌千秋在，

蝉鸣人未还。

十

亭台楼榭间，

一片碧波连。

飞角似眉月，

粉墙如雪帆。

衣冠皆已去，

车辇未得还。

千载若流水，

悠悠青史传。

再登九连尖三首

九连尖，位于句容，多草甸，有华东小武功山之称。庚子六月十二往登，然其时酷热难当，过二尖而下，并作《登九连尖二首》。壬寅中秋，再登，成矣，返赋此三首。

一

他年初上九连尖，

热浪如潮铩羽还。

今日逢秋添意气，

万寻驰骋越云端。

二

半空耸耸九连尖，
翠色叠叠峰似帆。
草甸直铺云里去，
犹思万仞武功山。

三

再上九连尖，
秋云淡若烟。
砂石缀山脊，
草甸挂峰巅。
远眺高楼峙，
近观飞鸟旋。
危危立绝顶，
怀壮万寻间。

二、安徽之颂

观黑洞瀑布群三首

黑洞瀑布群,位于宁国万家乡大龙村。壬寅七月二日,往观。此地群山萦绕,竹木苍翠,溪谷迢迢,流水溅溅,叠瀑飘飘,碧潭湛湛。过巉岩,溯溪流,泳深潭,览飞瀑,此间乐,不思归矣。乃慕樵夫,有歌,有酒,有长年,复何求哉!

一

天斧轻划苍岭巍,
一条幽谷瀑飞飞。
叠叠错错山石㩤,
水入千潭玉振回。

二

清溪幽谷下云霄,
飞瀑条条烟岭飘。
碧水千潭嵌如玉,
孰言樵叟不逍遥。

三

一条幽谷下苍巅，
双岭直插云汉间。
高木葱葱众蝉噪，
大石磊磊数蝶旋。
枝头白瀑叠叠落，
崖侧清潭错错连。
心慕樵人隐山野，
有歌有酒有长年。

醉卧山村

壬寅七月初二，余往宁国万家乡大龙村，观黑洞瀑布群，宿于白龙湾山庄。数人夜饮，大醉矣。晨醒，闻鸡唱蝉鸣，乃赋之。

醉卧山村夜不醒，
醒时鸡唱树蝉闻。
人生豪迈一千载，
诗酒神州朝与昏。

溯溪螺蛳湾五首

壬寅七月三日,溯溪于宁国螺蛳湾,位于仙霞镇龙门村。此地苍岭叠峙,溪水潺潺;游鱼细石,巉岩碧潭,皆处处可观;蛙鼓蝉噪,鸟鸣虫唱,亦时时可闻。捉鱼,潜水,打水仗,斗水漂,男女不分,童叟无别也。前后相应,呼喊相接,流连而忘返也。人生不老,不在龄也,在乐也!

一

碧溪宛转水潺潺,
两岸青山云里悬。
处处清潭可游没,
浅滩直溯越巉岩。

二

山谷蜿蜒溪水长,
澄波碧影泄清凉。
螺蛳湾里嬉声闹,
童叟交交对仗忙。

三

宁国多谷又多山,
溪水直出青岭间。
天上羲和也无奈,

清波远客尽流连。

四

溪水清凉净若泉，
烟山直下去涓涓。
蝉鸣不断连蛙鼓，
一片童心何淡然。

五

大山深处谷蜒蜒，
溪水悠悠甘若泉。
青藓绿荫澄浪去，
黄砂白瀑澈潭旋。
岸边蛙鼓时时起，
树上蝉鸣处处连。
童叟捉鱼又游没，
人生不老笑如仙。

望龙门瀑布

壬寅七月三日，往溯宁国螺蛳湾。见一长瀑，形如白练，冲出双阙，悬于断崖，一泻而下，飞入深潭，声如雷鸣，水花四溅，如银河落于九天也。其潭则碧绿如玉，深不可测，水溢为溪，游鱼时入时出也。

碧水一溪双阙来，

断崖飞瀑万花开。

潭波千尺雷声震，

疑是天河泄九垓。

过南漪湖特大桥

余常往宁国，亦常过南漪湖特大桥。南漪湖，古名南碕湖，简称南湖、漪湖，位于宣城境内，其广逾两百平方公里，乃古丹阳湖之一部也。南漪湖大桥，长三千余米，通车约五载，驰于桥上，烟波浩渺，鹭鸥飘飘，水天相接，云空一色，不知在人间，抑在天上也。

四望湖天万里遥，

烟波浩渺鹭鸥飘。

一桥飞架接银汉，

凌水长驱到九霄。

桐坑源大峡谷三首

桐坑源大峡谷，位于绩溪，介伏岭镇与家朋乡之间，有通杭古道经此而过。谷中多瀑布、奇峰与异石，两边悬崖耸立，林木苍翠，鸟语花香。壬寅九月初七，往游，一路临溪水，览巉岩，观飞瀑，过索桥，入葱林，看野花，闻鸟语，心驰而意惬，不欲归也。

一

仰望危崖摩九天，
碧溪白瀑下巉岩。
苍林鸟语秋花放，
心骋悠悠古道边。

二

小桥溪水瀑飞飞，
苍岭白云鸟语回。
古道人稀秋气爽，
深行幽谷欲弗归。

三

秋行深谷间，
古道去延延。
白瀑落千尺，
苍崖悬九天。
鸟鸣溪水上，
花放翠林边。
久在高阁里，
欣欣返自然。

观湖村二首

　　湖村，亦名太极湖村，隶绩溪伏岭镇，建村已八百余载。有古居、古祠、古亭、古桥、古寺、古树及古砖雕等，山清水秀，人才辈出。缘溪河绕村曲流，村落与田园成"太极"之观，美如画卷也。有民俗表演秋千抬阁。壬寅九月初七往观，返赋二首。

一

粉墙黛瓦古居连，

一片田园青岭悬。

鸡犬相闻八百载，

小桥流水太极间。

二

曲曲一水环，

八百太极间。

巷陌交交错，

祠居落落连。

清波映桥榭，

白鹭舞田园。

弥望丹青里，

犹思孟浩然。

宿龙川二首

绩溪之龙川村，乃胡姓聚族而居之地也，已千载矣。建于河谷中，其形如船，临登源河，东为龙须山。有胡氏宗祠、奕世尚书坊、宣纸作坊、龙川水街等景。壬寅九月初七往游，欲登龙须山，夜宿于此，八日返。

一

夜宿龙川河谷间，
龙须高耸小窗前。
鸡啼早早催人起，
欲迓太白寻上仙。

二

登源河畔卧高楼，
未到寅时鸡唱稠。
应是龙须山景美，
催人早起莫耽留。

龙须山五首

  龙须山,位于绩溪龙川村之东,与七姑山相连,主峰为龙峰,海拔逾千米。因多龙须草,故名龙须山。山势陡峭,山脊狭窄,断崖千仞,深邃莫测,不可攀也。因常年风吹日晒,山脊风化甚重,多砂石与白沙,且愈上,其树愈稀而愈小,故益增其攀登之难也。树多为松,另有龙须草,愈上亦愈稀也。壬寅九月八日,往登,一路爬斜坡,攀断崖,走山脊,多借木梯与绳索,乃上白沙峰。白沙峰者,龙须山之次峰也。有险落山崖者,皆未敢下视也。瑟瑟西眺,见登源河紧傍龙川村,自北向南,蜿蜒而去,河畔一片粉墙,亦随河水蜿蜒而去,远望如银河,其两侧皆高山耸峙也。美哉,龙川!壮哉,龙须山!

一

群峰耸峙万寻高,
片片白沙浮九霄。
断壁疏松蓑草挂,
欲登无奈腿先摇。

二

峻峻龙须不可攀,
沙滑坡陡脊刀悬。
长绳摇晃朽梯动,
未敢低头观矮山。

三

龙须直入九玄间,
山上浮沙未可攀。
疑是长空下白雪,
苍松点点缀云巅。

四

龙须远眺九河长,
一片莹莹如月光。
两岸青峰抵金阙,
白云飞鸟去天堂。

五

坡斜似斧削,
山脊窄如刀。
断壁疏松挂,
绝峰蓑草飘。
崖边长索摆,
云里朽梯摇。
万仞白沙盖,
莹莹浮九霄。

皖韵二十首

皖南,皖西,余常往观也。其山水、田园与村居,皆如画也。壬寅秋,再赋绝句二十首。

一

皖南多水又多山,

水秀山清飞瀑悬。

烟谷深深闻犬吠,

杜鹃开在彩云间。

二

春天行在皖南间,

片片白楼接岭烟。

山路蜿蜒野花放,

几声鸡犬荡云端。

三

夏日漂流山谷中,

皖南溪水下云空。

跌跌撞撞随波去,

留却杀声震九重。

四

秋到皖南山景深,

疑为落日映西云。
人间纵有丹青手,
调色何及霜染林。

五

皖南冬日粉楼清,
几岭翠竹铺满空。
弥望风光多水墨,
有时飘雪似仙宫。

六

群峰耸耸大别山,
直上云霄白马尖。
远望尘寰烟浪涌,
轻言还恐扰神仙。

七

扶摇直上天堂寨,
空挂万寻凌九霄。
云去烟来明灭里,
似闻仙子语天桥。

八

云中遥望敬亭山,
一片苍苍几缕烟。
粲粲鲜花开九阙,

昔人已去未得还。

九

黄山矗立碧云间，
一朵莲花放九天。
迎客松前涛浪涌，
依稀洲屿有神仙。

十

吴越迢迢古道连，
悠悠千载岭间穿。
山花烂漫禽声脆，
烟谷溅溅飞瀑悬。

十一

徽杭古道步遥遥，
苍岭溪流烟霭飘。
醉卧山凹杜鹃放，
雉鸡一夜雏丛霄。

十二

徽开古道越重苍，
高岭危崖挂粉墙。
翠木梯田溪水去，
几声犬吠雾汤汤。

十三

白际藏于深岭间，
白楼一片漫白烟。
清晨鸡唱云天里，
日暮蛙鸣溪水边。

十四

打鼓岭中叠鼓闻，
溪流飞瀑下层云。
烟岚袅袅白村掩，
锄豆遥观打鼓人。

十五

云烟弥漫玉河间，
苍岭深深掩祖源。
一片白楼坡上挂，
几声野雉雏林边。

十六

人间天上木梨硔，
直挂白帆驶帝宫。
鸡唱先闻九霄客，
烟弥蓬屿后成空。

十七

山花盛放满重苍，

骋望宁国如画廊。
碧水清潭下飞瀑，
烟峰古道鸟轻扬。

十八

歙县山清秀水环，
白楼片片映云端。
曾经千载徽州去，
驿马遗痕古道间。

十九

新安江水映蓝天，
片片粉墙鸥鹭旋。
青岭白帆碧空尽，
疑为梦里在蓬山。

二十

百丈崖边秋浦河，
白楼临水映清波。
悠悠千载昔人去，
依旧还闻秋浦歌。

三、江西之颂

宿萍乡

辛丑腊月之末,余往登武功山,于廿三与廿六夜,两宿萍乡。时雾雨绵绵,思绪亦绵绵也。萍乡,亦为红色之乡,安源路矿工人罢工与秋收起义之景,犹在眼前也。

萍水河滨玉宇高,

他年烽火战旗飘。

淫淫雾雨连幽梦,

但见武功悬九霄。

宿武功山客栈

辛丑腊月廿四,往登萍乡武功山。一路风雾同行,穿越山脊与半壁,夜宿发云界白鹤楼客栈。餐毕,和衣而眠。时疾风怒吼,劲雨打窗,而四邻之鼾声,此起彼伏,响如夏雷。晨发金顶,白雾遮天,同行前后难望，皆没于九天也。

窗外雨风作，
叠鼾声似雷。
晨发武功顶，
天水洗千回。

登武功山二十首

辛丑腊月廿三，往萍乡登武功山，廿四上山，廿六下之。武功山，居罗霄山之北，主峰为白鹤峰，亦称金顶，海拔逾一千九百米，巍峨高耸，直峙云霄。武功山四季皆美，自汉晋即闻名，乃览胜之佳处也。其海拔低处，林木苍翠，鸟语花香，溪水潺潺，山道幽幽；高处则群峰入云，黄草漫山，云海翻滚，风雨交加，瞬息万变，难以捉摸，然美景亦在此也。行于山脊、绝坡与断崖，如挂于九天也，而狂风怒卷，亦助其险也。午时，登至海拔约一千一百米处，因餐时稍长，山高而温低，乃双股痉挛，难以出发，后经调之，终无碍，亦虚惊也。廿四夜，宿于发云界白鹤楼客栈，其海拔约一千五百米；廿五夜，宿于避难驿站，在金顶之下。廿六晨兴，食毕，即往登顶，金顶处狂风怒号，雨增风势，目不可睁，身不可立，乃不可遏也。返之，亦绝险环生，长途陡降，两股战战，而跌坐者，常也；其一处密林，长约数里，穿碎石陡下，几欲溃也；其最苦者，足趾也。逮至山麓，行于溪边之石阶，竟滑倒于地，此乃全程之唯一也。遂坐而不起，时小雨，视之，笑也，乐也。归赋此二十首。

一

群峰隐隐雾缭缭，
云卷云舒冬草凋。

万谷千山风雨紧,
身浮蓬岛羽衣飘。

二

云烟翻滚霍然消,
留下千峰金色遥。
山脊如刀谷如海,
神仙到此忘灵霄。

三

狂风翻卷荡鹏天,
雾散云开金色悬。
山雨忽来又忽去,
蓦然身在九重间。

四

行在高巅黄草间,
千峰叠嶂壑生烟。
狂风怒卷人欲坠,
俯身还笑似神仙。

五

武功荒径挂绝巅,
下瞰万寻浮卷烟。
野草千山尽霞色,
闻言深处有神仙。

六

发云界里海茫茫，
好汉坡前草色黄。
万仞飞驰向天阙，
任其风雨任其狂。

七

直上鹏霄千丈岩，
云烟舒卷若仙坛。
下闻深壑玉声起，
才晓已非人世间。

八

才观云海洗千阿，
又至重霄绝望坡。
坡峭坡叠去天阙，
似闻隐隐有仙娥。

九

昼行断壁草茫茫，
风卷云烟斜雨狂。
夜宿绝崖小窗震，
明朝金顶问仙乡。

十

金顶危危雾雨袭，

狂风怒吼断旌旗。
声如天鼓回山壑,
身似仙娥舞羽衣。

十一
薄暮山巅风雨交,
风声落落雨潇潇。
上观云岭入仙阙,
下望人寰烟霭飘。

十二
黄草苍苍遍九霄,
一空轻霭万山飘。
几丝天路云中挂,
只有仙人敢下瞧。

十三
金山耸耸雾飘飘,
云径悠悠风怒号。
玉宇琼楼浮九阙,
似闻仙子奏丛霄。

十四
山岭叠叠入九苍,
一空冬草尽金黄。
绝坡断壁天途挂,

风雨交交烟浩茫。

十五
下山滑倒碧溪边,
直坐湿阶笑不前。
多少绝崖风雨过,
阴沟未料竟翻船。

十六
冬时强上武功山,
鹤唳风声人不前。
黄草茫茫烟万岭,
巨石稀树挂寒巅。

十七
武功直上峙苍玄,
一众凡人挂九天。
历尽风烟和断壁,
不觉早已是神仙。

十八
万峰耸峙入云霄,
山脊延延如剑削。
风起烟开弥九阙,
才知仙客尽逍遥。

十九

山下苍林山上草,
儿童随我步云天。
风烟急雨叠金岭,
一路欢声过断岩。

二十

冬登崿崿武功山,
千岭叠叠入九玄。
碧水苍林遍低谷,
白烟黄草漫高巅。
斜刷雨劲目难视,
怒吼风狂人欲翻。
断壁绝崖临万仞,
灵霄宫里做神仙。

婺源十首

戊戌仲春,往游婺源,时油菜花开,漫山遍野,如梦如幻也。婺源,古隶徽州,其地山环水绕,古木高耸,粉墙如帆,黛瓦如眉,观之醉矣。壬寅孟秋,再赋绝句十首。

一

粉墙思雪帆,

黛瓦念眉轩。
溪水迢迢去,
花开山野间。

二

黄花开满田,
岭上遍茶园。
一曲渔歌唱,
飞鸥没水烟。

三

春日尽黄花,
人行万里纱。
竹前归浣女,
溪后是农家。

四

春到婺源来,
菜花田野开。
山边唱茶女,
溪上钓竹排。

五

山绿水悠悠,
古樟萦粉楼。
遥遥车马去,

今日念徽州。

六

行于山水间，
油菜染白衫。
溪上石桥下，
斜阳送小船。

七

山村多古墙，
如月又如霜。
若未闻鸡犬，
疑为在玉堂。

八

千载徽州去，
春光返婺源。
人行深巷里，
花放玉楼前。

九

山边阡陌连，
波上笼浮烟。
一片苍竹下，
黄花杂杜鹃。

十
灵山秀水间，
如醉又如癫。
科场千年去，
依然青史传。

四、其他

梦乡五首

叹流年,又成虚度;望故乡,亦渺然千里。辛丑岁末,思绪飘然,乃成斯五首。

一

梦中回少时,
遍野御风驰。
长棍挥如剑,
觉来返五十。

二

人生临半百,
常梦少年时。
未意身为客,
已如夕日迟。

三

昨夜入华胥,

骑牛回故居。
何堪思往事,
带减步还徐。

四

年来客梦多,
未改镜湖波。
弹指韶华逝,
唯余望月酌。

五

雨中溪水流,
鱼动戏轻钩。
竟是童年梦,
一做四十秋。

秋日小酌

辛丑秋,某日,小酌。时北雁南飞,轻云飘浮,流波远逝,遂举杯自饮,亦不慕灵霄也。

秋日天高北雁归,
远山一片淡云飞。
小酌溪净流波动,
不慕灵霄举玉杯。

辛丑中秋

辛丑中秋，望明月而思远，遂成此诗。

明月九天悬，

光辉万里间。

征人多寂寞，

今夜可团圆？

正高过之二首

辛丑季秋之末，正高过之，大喜。回首往昔，亦颇慨然也。后赋此二首。

一

迟至姗姗几度秋，

年华若水逝无休。

人生如意常一二，

应效梦得何用愁。

二

初悉已过喜难收，

听惯鸥鹆叫未休。

纵使投石千浪起，

江河不废万年流。

井空里大峡谷六首

　　壬寅七月九日，余往湖州安吉，溯溪井空里大峡谷。此地群峰高耸，断壁悬崖，莽莽苍苍；其峡谷幽深，巉岩陡立，两壁峭滑，而溪水潺潺，时有深潭，乃溯溪与攀岩之佳处也。时酷热，游人多至，溪流声、水仗声、蝉鸣声相混，一派生机也。其石大而峭，不易攀也，众人乃拉扶相助，缓缓而行，时而行之，时而游之，时而歇之，不亦乐乎。返时，乃穿半壁而行，有人工水渠，长、深而窄，俗称江南之红旗渠也；亦有滑坡断缺处，其可行者，窄处仅尺余也；下望，则如临万仞，壁立如削，栗栗而惧也。归，赋此六首。

一

苍苍井空里，

大谷斧刀裁。

溪水出烟岭，

巉岩擦九垓。

二

溪出井空里，

深谷大石叠。

潭碧多潜泳，

苔滑光壁斜。

三

烈日照巉岩,
清溪入碧潭。
人声沸苍谷,
蝉噪峭崖间。

四

大谷水悠悠,
清潭童叟游。
溯溪天地里,
人世又何愁?

五

半壁浚渠通,
下观千仞空。
时闻碧潭沸,
栗栗九苍中。

六

安吉井空里,
多谷又多山。
谷舞岭峰下,
山浮岚霭端。
清潭沸音响,

碧树唱声连。

对此思王诩,

不出云梦间。

晨闻啼鸟

壬寅八月廿一晨,卯时初醒,窗外鸟语连绵,近者斑鸠唱和,远则群禽相奏,一片秋声,一片颂歌也。即作。

晨来初醒未得眠,

窗外斑鸠唱和连。

远处群禽叠语奏,

秋声一片颂江南。

晨醒再闻啼鸟

壬寅八月廿一,卯时初醒,时斑鸠近啼,杂鸟远奏。翌日卯时,又醒,则喜鹊近啼,杂鸟远奏。即作。

昨日斑鸠唱,

今晨喜鹊闻。

知君应有意,

来为客秋吟。

壬寅杂诗五百首

壬寅，随记所历、所见、所感、所想、所拟也。随作随列，未类也。

一

落日秋风北雁飞，

大江东去野云垂。

栏杆拍遍烟波尽，

空把吴钩看万回。

二

秋日迟行江水边，

烟波浩渺雪鸥旋。

曾经多少王侯事，

唯见滔滔去远天。

三

秋风瑟瑟雨绵绵，

枯叶无声落水边。

千载悠悠汉唐去，

苍苍人事渺如烟。

四

坡上高槐三两巢，

几只冬鹊唱寒梢。
一生不改凌云志,
纵使天河万里遥。

五

烟雨迷蒙苍谷间,
飞溪流瀑下巉岩。
蛙鸣鸟语绝人境,
诗酒相随到万年。

六

春柳清溪一叶舟,
莺啼烟笼钓闲流。
何求渭水青云志,
唯慕渔樵与远游。

七

昼驰千岳抵丛霄,
夜览苍苍万里潮。
未梦乘舟飞日月,
云烟深谷起仙桥。

八

千载多谈李杜篇,
一飘一郁两绝山。
未须白发死章句,

心有神州皆圣仙。

九

投笔从戎出汉关，
匈奴西域勒功还。
丈夫策马吴钩挂，
岂可白头索郑笺。

十

绝唱史家无韵骚，
汗青千古颂昭昭。
可怜直语宫刑辱，
多少失篇耻圣朝。

十一

张耳陈馀刎颈交，
未临风雨已飘摇。
世人重利甚于义，
唯有桃园薄九霄。

十二

冬雪千回望未来，
他年普降万山白。
人生无处不如此，
唯有常心诗满怀。

十三

金陵千载帝王州，
不见台城帝亦休。
皓首穷经死笺注，
未如五岳觅仙游。

十四

五岳寻仙去远游，
未妨跨马卫神州。
丈夫猛志须常在，
不尽豪情终不休。

十五

冬林枯色最愁煞，
未晓春芽正欲发。
莫叹人生不精彩，
终归昱昱美如花。

十六

皆道梧桐引凤栖，
形容不辨已依稀。
世间多少曾经事，
千古谁人明陆离。

十七

千古多出薄幸郎，

十娘悲怒尽沉箱。
马嵬坡上香魂断,
何若莫愁同孟光。

十八
以柳易播千古扬,
可怜数贬客他乡。
昊天漠漠不垂悯,
犹幸诗文明九苍。

十九
三曹千载又三苏,
万里星河明夜珠。
炳炳中华文若海,
苍苍潮涌九天浮。

二十
昔日北关胡马飞,
可怜沙场几人归。
云中烽堠擎千载,
寒雁秋风瑟瑟吹。

二十一
秋风大漠边声紧,
再退匈奴日渐西。
刁斗寒霜敲夜月,

汉关不叫踏胡蹄。

二十二
塞雁南飞秋欲尽，
霜风冽冽雪霏霏。
烽烟大漠孤城闭，
浊酒羌笛胡马归。

二十三
千载楼兰万里灰，
黄沙漠漠怒风吹。
曾经号角连声起，
多少英雄终未归。

二十四
铁马冰河秋叶黄，
寒关白雪朔风狂。
可怜多少征夫泪，
魂断未曾归故乡。

二十五
塞外秋风大漠寒，
一夕白雪照烽烟。
急急号角胡蹄至，
赤兔弓刀卫汉关。

二十六
千里江山一夜白,
北国宛若玉宫开。
他年赤兔乌骓跨,
胡马不得南向来。

二十七
秋风瑟瑟马啾啾,
关外单于扰未休。
明月羌笛与芦管,
征人一夜尽乡愁。

二十八
秋风大漠卷胡尘,
一夜辕门白雪深。
战马如飞角弓挽,
单于远遁没黄昏。

二十九
秋风万里雪飞飞,
战马嘶嘶塞外追。
夜半匈奴皆远遁,
蹄痕北去汉军归。

三十
大漠边声秋月高,

单于夜寇寂悄悄。
汉军弓弩发如雨，
未到天明尽遁逃。

三十一
边关大漠秋风烈，
自古征人多少归？
明月依然伴芦管，
江山万里泪千回。

三十二
塞外萧萧秋草黄，
啾啾胡马月如霜。
寒风夜半传金柝，
芦管羌笛尽望乡。

三十三
高墙盘亘峙烽台，
一夜秋风白雪来。
千载胡蹄何处去，
唯余青史慨诗怀。

三十四
九月纷纷白雪飞，
燕然未勒不得归。
单于纵马烽烟起，

夜半还闻连角催。

三十五
常诫人生莫言老，
山河万里览神州。
奈何血气垂垂落，
唯有雄心尚未休。

三十六
秋凉夜尽未成眠，
还忆儿童跑满山。
弹指一挥四十载，
流年若水又如烟。

三十七
秋尽冬风瑟瑟吹，
疏枝残叶荡千回。
人生漫漫终归逝，
留下芳名青史垂。

三十八
寒冬四望尽枯黄，
垄下无名白蕊香。
纵使孤芳寂中谢，
也学芍药牡丹狂。

三十九

白雪枯荷水鸟游，
湖波寂寂冷溪流。
冬风吹动扬飞絮，
且作春时待夏秋。

四十

疏桐缺月孤鸿影，
有恨奈何人未悉。
纵使沙洲长寂寞，
寒枝拣尽不曾栖。

四十一

风寒月冷鸟声歇，
疏影斑驳孤柳斜。
野渡无人舟已去，
离别多少是诀别。

四十二

寒月孤悬冬野空，
寥寥万里偶闻声。
丈夫志在平天下，
寂寂草庐藏卧龙。

四十三

冬雨连绵冬鸟啼，

烟舟烟水钓蓑衣。
莫言不老蓬莱岛,
永忆江湖白发稀。

四十四
冬风吹破万重山,
落叶成泥零草干。
纵使萧萧复霜雪,
春来依旧绿延延。

四十五
冰冻寒霜疏叶红,
云烟飞尽万山空。
不知多少流年去,
又是秋风闻远鸿。

四十六
秋尽江南霜满天,
夜枫渔火未成眠。
滔滔万里星河去,
人世茫茫渺若烟。

四十七
四月槐花开满山,
微风吹起万丝甜。
玉珠千串空中挂,

飞瀑溅溅冻九玄。

四十八

腊月白梅一夜发，
尽如飞雪落枝丫。
不知他日春风至，
吹散梅花抑雪花。

四十九

春雨迷蒙云满峰，
江南烟柳鸟叠声。
他年国破丹青手，
一片伤心画不成。

五十

三月春风吹柳丝，
江南烟雨使人痴。
寻芳行至水穷处，
闻鸟坐观云起时。

五十一

春雨绵绵春草齐，
花溪两岸鸟轻啼。
一壶浊酒山河醉，
闲看烟波映彩衣。

五十二

烟雨迷蒙烟鸟啼,
烟花如梦绿杨披。
不知何处笛声脆,
吹动枝头飞絮离。

五十三

夏日苍林暮色深,
噪鹃凄厉慑人魂。
应为只怕秋将至,
秋雨又催冬雪痕。

五十四

骤雨秋风向晚急,
穿林打叶尽湿衣。
犹如万马萧萧去,
手把吴钩散房蹄。

五十五

九月秋风飒飒吹,
云峰犹似万驹追。
可怜落木纷纷下,
寒雪又将冬日归。

五十六

秋月疏枝露影斜,

鸣虫幽曲似无歇。
他年此景可追忆，
只是今夕成永别。

五十七
暮春三月草深深，
一片飞花落碧云。
婉转莺啼还切切，
明年可否再逢君？

五十八
三月烟花轻絮飞，
莺啼燕舞雨垂垂。
一蓑独钓涟漪起，
浊酒篷舟不欲归。

五十九
斜柳娇莺恰恰啼，
清风拂面雨淅淅。
江南正是烟花景，
尽醉春心尽醉衣。

六十
一夜春风杨柳新，
绿条拂动鸟声闻。
去年婉转曾相似，

只是今年非旧人。

六十一
春芳落尽春天尽,
欲觅春芳已未能。
唯有檐前蛛网守,
殷勤不让暮春行。

六十二
残莺婉转众芳歇,
溪水流波烟柳斜。
明月苍茫渡舟静,
清风还忆去年别。

六十三
远望黄绫万里长,
原为油菜浩如江。
年年岁岁仙娥至,
只是花零若去霜。

六十四
蛾眉春月挂前山,
布谷连声人未眠。
窗外清风入帘幕,
芳歇千里不曾还。

六十五

暮春暮雨鸟轻啼，
烟柳烟波花尽离。
鸿雁何时到关塞，
风吹北地莫惜衣。

六十六

荷叶田田骤雨稀，
蛙声叠起惹秧鸡。
蓑翁垂钓烟云下，
一阵清风湿苇低。

六十七

一夕山雨瀑飞飞，
黄鸟轻啼绿柳垂。
半岭浮烟半空絮，
几幅水墨挂千回。

六十八

四月斑鸠布谷啼，
山村阵雨晚来急。
农家新笋举杯饮，
一片蛙声传小溪。

六十九

五月禾苗细雨刷，

秧鸡高唱惹群蛙。
农夫闲钓儿童戏,
几处蜂蝶舞野花。

七十
六月江南梅雨连,
秧鸡阵阵咏禾田。
殷勤恐怕三秋至,
秋雨秋风瑟瑟间。

七十一
六月枝头梅子甜,
绵绵阴雨洒江南。
几声布谷空中起,
三五儿童持网还。

七十二
七月鲜花开满山,
毡包牧草雪峰连。
苍鹰浮在白云下,
骏马飞于天水边。

七十三
夏雨初歇蝉未歇,
流莺歌唱斗花蝶。
最闲不过荷塘侧,

飞起水漂千万叠。

七十四
九月秋高木叶黄，
白云碧水彩洲长。
雄鹰展翅浮空远，
万里江山及四荒。

七十五
八月山村稻已黄，
农夫避雨抢割忙。
鸟飞犬望儿童闹，
今岁秋收又满仓。

七十六
山雨一夕溪水多，
流声婉转下群阿。
儿童嬉戏林蝉噪，
还有轻烟茶女歌。

七十七
夏夜星辰挂九霄，
流萤万点灌丛飘。
几声犬吠山村寂，
渔父双竿举网高。

七十八

夏雨急急瓦上敲,
热风浮土共流漂。
晚来蝉噪乡村静,
几处炊烟斜木梢。

七十九

几树海棠一夜开,
蜂蝶忙坏玉娥来。
烟花三月迷人眼,
对此无诗也放怀。

八十

樱花一片粲然开,
犹似娇娥笑满怀。
细雨丝丝最羞涩,
双蝶闪闪应约来。

八十一

坡上野花连片开,
儿童滑草畅心怀。
不知何处吹芦哨,
丛里乌鸫飞起来。

八十二

夏夜繁星缀满天,

流萤渔火水滨连。
归舟唱晚江波去,
一片蛙声伴杜鹃。

八十三
蛙鼓流溪渔火连,
一壶浊酒饮清滩。
九天星斗消息里,
万点萤光明灭间。

八十四
雨声几点响山前,
听取鸣蛙一片喧。
斜柳溪桥夜蝉噪,
稻花萤火捕鱼还。

八十五
夜雨淅淅晨日新,
山边茶女玉歌闻。
蝉声尽引儿童觅,
远处渔翁捕水滨。

八十六
细雨清风桃蕾开,
柳枝拂动玉人来。
波心小屿双凫起,

一纸丹青已入怀。

八十七
夏夜山村杜宇啼,
稻花丛里咏秧鸡。
渔翁下网湄蛙跳,
欲曙星河渐渐稀。

八十八
入夜乡村山气新,
纳凉庭院稻花闻。
天河摇曳流星去,
寂寂蛙声寂寂人。

八十九
夏夜山风溪水平,
鸣蛙蒲苇月初升。
渔夫归晚乌篷去,
点点流萤飞又停。

九十
夜溪静静群蛙唱,
丛里黄花脉脉开。
一鹭殷勤捕鱼晚,
几声犬吠水村来。

九十一
山溪宛转绕村行，
脉脉小桥流水声。
油菜花丛归浣女，
几只白鹭舞盈盈。

九十二
溪过山村流水闻，
小桥叠瀑曳飞云。
莺啼柳绿春风醉，
一片黄花留玉人。

九十三
菜花烟柳洒夕阳，
溪瀑流波过水乡。
浣女殷殷捣声起，
几只苍鹭捕鱼忙。

九十四
溪水游鱼缓瀑叠，
青苔苍鹭柳枝斜。
杜鹃一片丛中放，
几处闲谈浣女歇。

九十五
春暖黄花不欲歇，

溪边开满岸边斜。
蝴蝶三五寻芳至,
山雀联歌未忍别。

九十六
幽涧春溪默默流,
落花随水去悠悠。
蛙鸣声脆闻啼鸟,
芳径无人草欲纠。

九十七
细柳轻拂烟水平,
樱花怒放玉人停。
波心小屿鸳鸯戏,
几处黄鹂婉转鸣。

九十八
一涧山花放满春,
绿苔白瀑染芳闻。
画眉入水勤梳洗,
远处杜鹃啼翠林。

九十九
苍山叠起掩白房,
一片茫茫油菜黄。
溪水潺潺归浣女,

几只鹭鸟舞斜阳。

一百

斜阳烟柳稻花开，
溪水山间宛转来。
一片茅屋翠竹隐，
渔翁归晚畅心怀。

一百零一

晨来窗外鸟啾啾，
几处樱花芳满楼。
正是江南好时令，
春风含暖树含羞。

一百零二

溪涧折折下远峰，
木桥苔藓数蛙鸣。
一枝斜柳双鹂唱，
几片飞花伴水行。

一百零三

微雨荷塘蛙鼓闻，
一翁蓑笠钓黄昏。
清风吹过鱼漂动，
误举空竿还净心。

一百零四
山涧流波禾豆青,
老农除草犬相从。
微风吹过秧鸡唱,
野兔飞出没岭中。

一百零五
水穷犬吠有人家,
路远山深不外发。
日作夜息无魏晋,
蜂笼已放采春茶。

一百零六
竹林深处涧波流,
几缕炊烟几座楼。
一犬相迎夕鸟闹,
农夫含笑月含羞。

一百零七
儿童溪水捕鱼忙,
浣女捣衣白鹭翔。
一阵樵歌飘耳畔,
青山莽莽菜花黄。

一百零八
春鸟杂歌婉转发,

樱花咏罢咏桃花。
多情最是花间柳,
轻絮随风乱认家。

一百零九
总道桃花万种情,
不言春日有公英。
几支黄蕊丛中笑,
一对蝴蝶飞又停。

一百一十
溪水门前山谷流,
滑石绿柳细鱼游。
几株老树停白鹭,
野雉声声雏未休。

一百一十一
青岭连绵白雾飘,
山茶万垄上丛霄。
玉娥素手云中采,
一阵乡谣带水娇。

一百一十二
农夫锄草碧坡中,
半亩菽苗晨露浓。
细数还缺三五叶,

一只飞兔没林丛。

一百一十三
寅时才至众禽鸣,
春日林中多闹声。
杂咏殷勤莫嫌吵,
只因生命太匆匆。

一百一十四
春山林绿野花开,
众鸟杂歌尽放怀。
一阵清风飞絮起,
还同芳气漫天来。

一百一十五
门前溪水卵石滑,
历历游鱼逐浪花。
一阵清风香蕊落,
随波远去到别家。

一百一十六
清溪叠瀑入烟湖,
向晚滨丛闻鹧鸪。
波动渔舟灯火起,
蛙声一片远思浮。

一百一十七
捕鲫秧田战亦酣，
依稀一晃四十年。
韶华已逝心犹在，
只是曾经皆不还。

一百一十八
一对黄鹂枝上啼，
纷纷花雨洒罗衣。
流连还露伤心色，
春欲别离日渐稀。

一百一十九
溪水纹鱼潜细石，
春风落蕊弄波湿。
鱼逐芳瓣随流水，
水里鸣蛙却未知。

一百二十
风吹落蕊满庭芳，
犹似雪花飘九苍。
离客观花怕花落，
每逢花落倍心伤。

一百二十一
大雨滂滂不欲歇，

溪波滚滚落英叠。
渔夫抛网飞白鹭,
几缕炊烟风里斜。

一百二十二
大雨滂沱水漫田,
儿童持网捕鱼喧。
逆流群鲫呼声乱,
惊起白鸥飞远天。

一百二十三
夏钓荷塘骤雨来,
亭亭碧伞自然开。
纵得湿尽又何若,
依旧萧萧还畅怀。

一百二十四
晨来鸟咏催人醒,
窗外桃花开满枝。
碌碌光阴若流水,
今年又欲过春时。

一百二十五
夏初江上水茫茫,
绿屿白烟鸥鸟翔。
渔子垂纶微雨后,

鸣蛙叠鼓浅滨旁。

一百二十六
莎草苍苍湖水清，
蛙鸣鱼跳唱流莺。
微风细雨蓑翁钓，
翠柳拂丝白鹭停。

一百二十七
白茅轻曳紫花闻，
惊起鹌鹑野兔奔。
原是儿童散学早，
风筝飘落满山寻。

一百二十八
大雨潇潇未欲歇，
鲋鱼逆水草中斜。
儿童三五飞波溅，
东向围追西向截。

一百二十九
荷叶田田荷蕊香，
水鸡林里斗歌忙。
忽而小雨随风至，
苍鹭不飞白鹭翔。

四 其他

一百三十
深山犬吠有人家，
几亩禾田几亩茶。
溪水门前下苍岭，
日夕把酒话桑麻。

一百三十一
溪水涓涓禾稻垂，
秧鸡呖呖鹭鸥飞。
农夫月下捉黄鳝，
惊起青蛙跳几回。

一百三十二
苍鹭白鸥落又飞，
青蛙黄鳝稻丛肥。
霏霏细雨流萤闪，
雉雏声声岭上回。

一百三十三
峰回路转翠林间，
溪水潺潺茅舍边。
翁媪门前数花朵，
雉鸡一阵唱南山。

一百三十四
山路蜿蜒野草长，

僧袍湿露雾苍苍。
寥寥终日未逢客,
唯有鸣禽枝上忙。

一百三十五
林间幽径去蜿蜒,
懿懿山花人不观。
远处钟声伴夕色,
几只栖鸟暮中还。

一百三十六
几片白云飘半山,
林中隐隐有禅烟。
一条深涧溪波去,
流水落花缥缈间。

一百三十七
深山野步道逢僧,
荷笠宽衣双履轻。
一片斜阳归去远,
钟声杳杳暮林空。

一百三十八
山寺林中暮色间,
炊烟几缕伴禅烟。
钟声还与风声起,

远望苍苍皆渺然。

一百三十九
烟色苍茫林色葱,
山门半闭寺途空。
野花几树枝头盛,
寂寂斜阳传暮钟。

一百四十
暮色苍苍栖鸟还,
林中古寺起禅烟。
钟声飘落空山寂,
一抹斜阳归影寒。

一百四十一
山远林深斜径长,
轻烟缕缕绕禅房。
残阳花木经声起,
宿鸟归还暮色张。

一百四十二
林密山深小径连,
轻云鸣鸟晚钟传。
樵歌还伴残阳色,
一片苍苍几缕烟。

一百四十三
悠悠山道草兹兹，
零露泞泞衣尽湿。
种豆南坡远人迹，
唯闻黄鸟咏青石。

一百四十四
眉月初升挂远天，
晚风吹在稻菽间。
荷锄归步雉鸡雏，
萤火飘浮蛙鼓喧。

一百四十五
深岭清溪数亩田，
寥寥人迹漫云烟。
晨兴锄草湿衣袖，
暮色苍茫带月还。

一百四十六
白云苍岭有人家，
溪水潺潺植稻麻。
犬吠迎来老翁媪，
中庭邀至饮山茶。

一百四十七
山岭人家溪水多，

闲时垂钓网清波。
晚炊还有蕨和酒,
眉月姗姗蛙鸟歌。

　　一百四十八
青岭溪波缓缓流,
苍苍幽谷鸟啾啾。
风来一片山花落,
碧水飘香鱼醉游。

　　一百四十九
苍岭重重碧水回,
竹林深处浣娥归。
农夫作罢还闲钓,
一抹夕云天际垂。

　　一百五十
老翁深岭理青菽,
老妪为食草上铺。
黄犬林边嗅还吠,
几只野兔已飞出。

　　一百五十一
细雨蒙蒙翠柳轻,
几只白鹭戏盈盈。
碧禾一片蛙声闹,

渔父溪边网不停。

一百五十二
山道夕行野雉鸣,
衣沾凉露近繁星。
飞萤点点林间舞,
远处还闻犬吠声。

一百五十三
白鹭飞停禾稻边,
淙淙溪水过田间。
农夫垂钓凉荫下,
远处儿童放纸鸢。

一百五十四
四面青山白霭浮,
空中洲屿没还出。
一溪碧水潺潺去,
浣女捣衣飞鹧鸪。

一百五十五
白云飘荡半山间,
列列梯田挂满天。
茶女娥娥晨露采,
时时野雉雏声连。

一百五十六
春至农夫犁稻田，
排排湿土与鳅翻。
一群白鹭旋旋落，
三五八哥忙后前。

一百五十七
小雨农夫犁水田，
时而白鲫与鳖翻。
儿童三两持筐捕，
还有群鸭滤后边。

一百五十八
田间满眼紫云英，
犁尽为肥水稻生。
翻土时时现鳅鳝，
八哥争抢未能停。

一百五十九
碧禾烟雨已蒙蒙，
恰在施肥抽穗中。
蓑笠农翁尽挥洒，
秧鸡呖呖赛蛙鸣。

一百六十
弓腰俯首水田间，

少壮插秧火日悬。
老妪提食呼垄上，
一只花犬似独闲。

一百六十一
午后黑鱼水草游，
农夫垂钓霍然收。
鹧鹧惊起划波去，
白鹭亭亭闹未休。

一百六十二
碧水盈盈丝网沉，
渔夫提篓暮歌闻。
禾田漠漠蛙声起，
数犬相逐闹满村。

一百六十三
老翁拄杖候学童，
三五飞奔小道中。
一路蝴蝶捕还放，
犹思村口起风筝。

一百六十四
蒲苇青青溪水流，
一群黄颡鲋鱼游。
渔翁舟上长篙举，

三五鸬鹚续续收。

一百六十五
冬风瑟瑟捕年鱼，
波上轻舟下网徐。
击水长篙湖底震，
鲢鳙跃跃万千余。

一百六十六
湖草苍苍可牧鹅，
波宽水浅鲋鱼多。
归时鹅饱竹筐满，
一路还哼无韵歌。

一百六十七
乡村烟雨润青禾，
几位农夫正小酌。
野雉声声传后岭，
雄鸡引颈也高歌。

一百六十八
初歇骤雨水还浑，
父子捉鱼草上奔。
赤脚惊呼落竹罩，
溅花四起尽湿身。

一百六十九
雨后炎夕天气凉，
林间萤火小灯张。
犬声渐起湖波动，
渔父偕童收网忙。

一百七十
山村深远少人来，
偶有渔翁撒网开。
犬吠招得童叟至，
闲翻篾篓数清白。

一百七十一
腊月农夫昼夜忙，
糍粑猪肉满箩筐。
鸡鸭倒挂竹竿下，
再放独舟捕水塘。

一百七十二
腊月乡村集市忙，
珍馐野味列双行。
儿童最喜还心悸，
爆米花声如炮枪。

一百七十三
禾田暮色已苍苍，

几处灯光丛里藏。
原是农夫捕黄鳝,
明朝集市换油粮。

一百七十四
山下茅棚一两间,
老翁种豆碧溪边。
油油绿叶滋清露,
野兔时时客不还。

一百七十五
锄草山凹寂寂然,
青菽红薯露绵绵。
低身俯首尽劳作,
野兔飞出一刹间。

一百七十六
野径无人花自开,
时闻鸟语悦心怀。
蝴蝶起舞高还下,
歌曲蜜蜂飞又来。

一百七十七
林荫小径草葳蕤,
去岁芦花空里垂。
池水弗兴细鱼动,

嘤嘤黄鸟戏还飞。

一百七十八

静坐林荫池水边，
涟漪鱼动鸟声连。
柔风还有菜花气，
一对蝴蝶闪闪旋。

一百七十九

碧水蓝天翠苇新，
林荫小径鸟声闻。
野花尽对行人放，
衣袖花香已不分。

一百八十

黄鹂鸣柳柳丝垂，
白鹭舞池池影随。
碧叶扶疏野花放，
一竿独钓欲弗归。

一百八十一

野途处处换春衫，
满岭低竹与杜鹃。
枝上鸣蝉万声奏，
恐迎远客礼弗全。

一百八十二
苍翠山林杂杜鹃，
折折溪水去潺潺。
儿童寻觅翻白叶，
翁妪采蕨还笑谈。

一百八十三
江宁青阜野花开，
唯有蜂蝶人不来。
岁岁如约怕春去，
空闻鸣鸟咏心怀。

一百八十四
油菜溪边花满田，
风来芳瓣落舟前。
游鱼闻信涟漪动，
老叟垂竿烟柳间。

一百八十五
三月湖边紫色连，
杜鹃映入碧波间。
轻竿垂钓鱼漂动，
原是蜻蜓落上边。

一百八十六
一湖碧色杜鹃环，

空里白云入水间。
几处垂竿隐轻柳,
两只翠鸟细枝悬。

一百八十七
道侧梧桐十米高,
春来飞絮又飞毛。
世间万物宜心阔,
毕竟三伏凉若朝。

一百八十八
春步林中蹊径边,
空空蝉蜕挂枝间。
莫嫌喧唱破清寂,
为此一朝藏数年。

一百八十九
堤下儿童打水漂,
蓦然回首往昔遥。
人生苦短数十载,
唯把夕阳强作朝。

一百九十
常见山林高木擎,
亦逢片片矮竹生。
和衷济济以丛簇,

乃可求得光与风。

一百九十一
春行浥浥野山间,
枝上鲜花空自悬。
人世何尝不如此,
一身才志有谁怜?

一百九十二
簇簇野花枝上开,
可怜春尽少人来。
本为山岭寥中物,
从未求得诗满怀。

一百九十三
昨夜山村风雨兴,
晨观落蕊尽铺庭。
花开花谢寻常事,
总是多情又损情。

一百九十四
春山野径草深深,
丛里蝉声落落闻。
纵使花开又花谢,
唯悉风雨共白云。

一百九十五

一片池塘杂木生，
几只翠鸟细枝停。
终年寂寂无人问，
唯有朝夕风雨声。

一百九十六

池水清清池草生，
柳丝垂挂落蜻蜓。
行人不至山鸡唱，
几道涟漪散绿萍。

一百九十七

仰望星空万里遥，
天河灿烂水滔滔。
林间萤火亦明灭，
只是未秋皆已消。

一百九十八

三月春山多蕨白，
溪边林下妪翁来。
纵然嘉境人常慕，
高志何愁不是才。

一百九十九

春夏繁花观若云，

牡丹芍药似难分。
世间万物同还异,
必有相悉与未闻。

二百
三月丛中覆盆子,
白花如雪遍丘林。
羞红总在不经意,
唯有鸣禽相语闻。

二百零一
溪上桃花三两枝,
风吹波去影还湿。
几只水鸟林间咏,
一半春光一半痴。

二百零二
春雨一夕花半离,
晨枝鸣鸟似伤啼。
多情还被无情弄,
且把落红当嫁衣。

二百零三
野径花溪寂寂间,
山重水复又一天。
人生能有几回乐,

且把青春托自然。

二百零四

夜雨来时风满天，
梨花一树落蹊前。
朱颜虽好终辞镜，
何不徜徉山水间。

二百零五

春雨霏霏湿发衣，
双足行步尽沾泥。
举头苍岭白一片，
袅袅浮烟还欲稀。

二百零六

两只山雀不离枝，
疑是春来欲觅食。
细看才明巢与崽，
纵临险境也弗辞。

二百零七

晨露沄沄日且升，
村娥烟岭采茶中。
儿童径向溪流去，
昨夜鱼钩似未空。

二百零八

苍岭白烟晨露湿，

鸡啼鸟咏使人痴。

牧童牛背觉还梦，

老妪摘蔬翁煮食。

二百零九

稻子黄时乡里忙，

抢割晨起露如霜。

儿童香梦未得醒，

已嘱备炊别恋床。

二百一十

三月丛中棠棣开，

犹如杏蕊粉还白。

牧童早已垂涎水，

暂且去抽茅穗来。

二百一十一

牧牛寻遍草丛间，

野果鲜花采未完。

再见儿童满山觅，

春秋已去四十年。

二百一十二

碧水烟舟渔网开，

白鸥飞去淡云来。
流波一曲青山远,
几许春秋已忘怀。

二百一十三
几块水田山坳间,
老农劳作汗涟涟。
儿童自在寻花果,
野兔惊出没远天。

二百一十四
青山碧水野禽鸣,
渔子溪波丝网轻。
一阵微风吹两岸,
落花浥浥又盈盈。

二百一十五
紫藤花瀑挂春山,
唯有蜂蝶络绎观。
岁岁年年寂中放,
无人何碍自娟娟。

二百一十六
春日山溪映杜鹃,
时闻鸣鸟尽游观。
扬雄宅古成荒草,

诸葛祠空没雨烟。

二百一十七
山坳瓜田茅舍边,
老农除草日炎炎。
晚风细雨人如醉,
一片土蛙叠鼓连。

二百一十八
山里儿童散学早,
归时溪浅觅鱼虾。
流中砂砾常翻检,
直至暮云遮晚霞。

二百一十九
溪边林下竹鸡唱,
流水青苔飘落花。
又是一年春欲去,
可怜多少未归家。

二百二十
野旷天高秋已深,
萧萧落木雁声闻。
莫愁尘世无知己,
千载谁人不道君?

二百二十一
昔日花开人不知，
今朝人到又花辞。
山花有尽心无尽，
留取春心永未迟。

二百二十二
两岸清芳鸣鸟幽，
涓涓溪水可垂钩。
白云几片波中映，
心已休休春未休。

二百二十三
小雨催禾稗草杂，
农夫下水带泥拔。
邻家垄上隔空语，
不论浊杯论稻花。

二百二十四
弥望麦苗青若茵，
拔节披叶垄花闻。
风来吹起草人动，
一兔飞出无处寻。

二百二十五
翁媪农闲檐下坐，

两只鸡崽斗才酣。
门前黑犬吠还止，
原是邻家来借盐。

二百二十六
门前翁妪在言天，
几树樱花开粲然。
身后忽闻犬轻吠，
邻家钓鲫送一盘。

二百二十七
农夫食毕去锄葵，
小犬伸舌卷尾随。
丛里连逢土蛙跳，
山边频见雉鸡飞。

二百二十八
炎夏池边碧柳垂，
微波荡漾绿荫随。
儿童石漂双足浸，
水下鱼虾探几回。

二百二十九
酷暑炎炎汗浸衣，
行人皆慕水中鹇。
儿童跳入波心闹，

直取深深湖底泥。

二百三十

儿时还记好飞驰，
花犬相随起细石。
几处山头常往眺，
有如万马破城池。

二百三十一

长枝若剑短如刀，
岗上飞奔丛里削。
一去豪情四十载，
儿童已是梦中遥。

二百三十二

昨夜溪边抛饵食，
今晨踏露怕收迟。
远观芦苇无风动，
钩住鲇鱼线已直。

二百三十三

路边缝草细如针，
低看白花似可闻。
莫道枝头才最艳，
春风无处不催芬。

二百三十四
闻言常惑野湖中，
千百游鱼何处生。
烟雨渔夫举竿钓，
无思持酒对云空。

二百三十五
远山遥望起白烟，
烟下白楼一片连。
疑是飘飘九重阙，
鸡鸣犬吠有农田。

二百三十六
禾稻苍苍山麓青，
状如毛笔是鸦葱。
儿童涎水滴三尺，
林里还逢棠棣丛。

二百三十七
乡村水牯好发癫，
追赶几洼搭几山。
奔走儿童似飞马，
英雄早已远当年。

二百三十八
秋晨踏露觅松针，

万遍竹耙齿已伸。
偶或寻得几枝果,
儿童早已乐心魂。

二百三十九
一夕大雨水淙淙,
尽锁杂鱼竹笱中。
切切儿童问何许,
老翁提看乐融融。

二百四十
年少插秧累断腰,
而今身立可轻抛。
纷纷若矢皆斜入,
肥水一催长叶飘。

二百四十一
犁耙锹锄昔满田,
如今多在馆中闲。
曾经泥土芬芳里,
只有山村或可观。

二百四十二
幼时土舍已难观,
深岭山村尚有闲。
还忆江淮多夏雨,

风吹墙面泪涟涟。

二百四十三
昔步皖南山水间,
新楼常伴土楼悬。
无情桑海多情老,
一缕云烟数百年。

二百四十四
远望田间荷叶飘,
实为风里芋头摇。
山村明媚春光秀,
万卷弗如走几遭。

二百四十五
山野溪边见水车,
遥思车水作还歌。
四十年已悠悠远,
梦里时时浇稻禾。

二百四十六
秋日农夫去砍柴,
山边田坎密挨挨。
南瓜还伴冬瓜匿,
尽是长藤牵过来。

二百四十七
乔乔高木尽黄花，
原是丝瓜络络爬。
待到秋时老成篓，
依然默默奉千家。

二百四十八
六月天干少菜肴，
墙头刀豆紫花飘。
莫嫌滋味不合口，
吃过王侯和玉娇。

二百四十九
竹林一片系童年，
终日风声伴鸟言。
远客归来依旧在，
寒铜欲照已难堪。

二百五十
紫色娟娟大蓟花，
一生烟雨绽高崖。
青山应晓云中意，
唯有寒巅可傲发。

二百五十一
一声更比一声紧，

枝上噪鹃催命啼。
莫道鸟儿多可怕，
不及慵惰万分一。

二百五十二
春风吹过水波来，
一片青莼红蕊开。
昔日洛阳乡念起，
名爵千里有何怀。

二百五十三
挑水黑洼山岭间，
去来数里远人烟。
儿童体弱秋千荡，
半桶空空半桶泉。

二百五十四
少时晨雪每封门，
冰柱垂垂檐下伸。
一夜池塘成翡翠，
漂漂如电掣纷纷。

二百五十五
还忆少时冬雪寒，
火盆燃木漫灰烟。
儿童最喜烤番薯，

乐也融融心也甜。

二百五十六
少时冬冷雪深深,
秋日荷锄寻树根。
山岭如霞又如绮,
常常杜宇雁声闻。

二百五十七
割稻牧鸭乡野间,
一岭秋色映蓝天。
溪沟频见飞白鹭,
山兔惊出逝若烟。

二百五十八
少时踏露上茶山,
湿雾萦萦眉宇间。
采采一筐日高起,
终得换取几分钱。

二百五十九
年少卖花集市间,
持花羞涩语绵绵。
昔时已去数十载,
梦里依稀回少年。

二百六十
山村小道至何方,
曲似羊肠雨后黄。
走过童年客乡远,
梦回星月尽徜徉。

二百六十一
年少牧牛还牧鸭,
遍寻野果与山花。
有时独泳清溪里,
日暮捎回鱼共虾。

二百六十二
少时尝牧几群鸭,
浩浩嘎嘎露里发。
暮色苍苍厌然返,
闻声花犬跳还趴。

二百六十三
幼时忙季少闲人,
纵使儿童亦苦辛。
晨起为炊抑割稻,
暮归腰断动还吟。

二百六十四
学堂数里每翻山,

溪水横绝土径间。
年少莫言勤奋苦,
须知村外又一天。

二百六十五
幼时几里去学堂,
夏雨涉溪泥路长。
春日千田尽油菜,
蜂蝶童子满身黄。

二百六十六
秋收稻场夜灯张,
三五儿童正逮羊。
犬吠才闻声又止,
邻家相问欲相帮。

二百六十七
稻垛秋来高若山,
粮仓谷满尽丰年。
老农闲钓村溪里,
来日换得薄酒钱。

二百六十八
秋冬常觅岭松间,
针上白糖如露粘。
梦里馋童思早起,

客乡一去四十年。

二百六十九
昔日除夕鞭炮急,
春节乡里拜年齐。
而今黄历还依旧,
只是风俗已渐稀。

二百七十
幼时腊月小村忙,
酿酒杀猪又宰羊。
再打糍粑三五甑,
如今只有梦中香。

二百七十一
童年还忆灌红糖,
糖纸多粘不可装。
姊妹分食唯母看,
有时把纸作甜浆。

二百七十二
昔日天干禾欲焦,
凿沟引水半途消。
可怜相泣还无泪,
农事艰辛往事遥。

二百七十三
年少畏食椿与芹，
只缘其气俱难闻。
而今常作盘中菜，
孰道白驹不是因？

二百七十四
尝览鄂西坑与峰，
疑为仙画落天庭。
老农才获野蜂蜜，
还采山茶烟岭中。

二百七十五
一夕秋雨下金陵，
万幢楼台烟霭中。
多少笙歌金纸醉，
可怜千载尽成空。

二百七十六
迟迟春日野花开，
徒步连山采薤白。
一片烟霞深木翠，
溪声鸟语畅诗怀。

二百七十七
春日迟行野谷中，

山花烂漫木葱葱。
浮名换却寻仙去，
烟雨蓑衣醉远空。

二百七十八
山里连枷晴日拍，
筒车旋转水花开。
几间村舍儿童闹，
一片轻烟孤屿来。

二百七十九
几树楝花开满天，
娟娟紫色惹人怜。
诗家不若梅桃颂，
何碍春风思玉颜。

二百八十
远眺山村一片白，
有如云海雨中来。
田间鸥鹭翩翩起，
秋日徽州水墨开。

二百八十一
山间夏雨晚来急，
谷里溅溅鸣小溪。
赤脚蓑翁看禾稻，

田边还在咏秧鸡。

二百八十二
山里春花香满怀,
林深路险少人来。
妪翁岭上采茶笋,
云霭随风合又开。

二百八十三
山涧流溪碧若泉,
游鱼历历鸟关关。
春光才过疏枝洒,
几片娇花怯怯间。

二百八十四
常步深山苍岭间,
半空绿色起白烟。
鲜花溪水啾啾鸟,
不在人寰在九玄。

二百八十五
尝遇耄耋携手行,
人间风雨共平生。
纵然海誓山盟语,
散若林禽各自鸣。

二百八十六
暮春三月草蓊蓊,
枝上蝉鸣细柳垂。
几处轻竿钓苍浦,
一帘烟雨鹭飞飞。

二百八十七
溪边碧草尽葳蕤,
苍鹭觅食田鼠肥。
渔网轻拉农叟笑,
暮时又可饮一杯。

二百八十八
犬吠门前来故人,
园蔬湖鲫酒还新。
禾苗润雨闲无事,
把盏言农至夜深。

二百八十九
雨住溪流荷叶新,
两只水鸟和声闻。
儿童嬉戏采莲子,
忘却身边垂钓人。

二百九十
夜色荷塘蛙鼓闻,

萤光点点照渔人。
稻香一阵随风散,
翁妪门前尽弄孙。

二百九十一
小雨农翁巡稻田,
一蓑渔叟钓湖边。
儿童持网截沟水,
苍鹭飞出旋又还。

二百九十二
故里未归归愕然,
庭中小树已参天。
门前尽是高竹密,
犹忆童时鸡犬喧。

二百九十三
昔日邻家相往频,
今来数载已无音。
谋生四海未得见,
尽客他乡远故人。

二百九十四
往昔邻友散如风,
未见经年已陌生。
人世别离若流水,

多情总是恼无情。

二百九十五
夏夜举头观九河，
繁星粲粲似流波。
天宫玉女去何处，
应在人间云没阿。

二百九十六
疏叶萧萧秋雨滋，
秋思如雨雨如丝。
垂垂秋去无留意，
只是归乡恐又迟。

二百九十七
秋尽江南草欲凋，
枝头瑟瑟叶疏摇。
此情最怕登高处，
吹罢西风愁未消。

二百九十八
夏雨滂沱落满坡，
急流滚滚下山阿。
人生豪壮当如此，
烈烈驰驰还透脱。

二百九十九
秋来大雁欲南飞,
不尽西风瑟瑟吹。
人在天涯家万里,
时时明月梦中归。

三百
人生过半尽蹉跎,
无彩较于精彩多。
失意寻常有八九,
自责未若骋山河。

三百零一
溪映青山碧水流,
鸣蝉枝上未曾休。
桃花飘曳随波去,
一片轻烟笼钓舟。

三百零二
四岭云烟掩碧湖,
黄花翠柳散青芦。
关关水鸟凌波起,
舟上渔翁有却无。

三百零三
云烟袅袅碧湖空,

苍岭叠叠水底重。
黄鸟青芦歌又起,
一蓑垂钓小舟中。

三百零四
夜露如珠月似钩,
半江渔火半江秋。
芦花飘荡风萧瑟,
大雁南飞人不留。

三百零五
一岭风烟一岭秋,
半江落日半江留。
白鸥飞舞白云去,
丛里芦花丛外舟。

三百零六
秋雨秋风瑟瑟间,
秋江漠漠苇花旋。
可怜多少临波恨,
千古依稀逝若帆。

三百零七
连帆远逝大江流,
瑟瑟荻花风已秋。
鸥鸟年年飞碧水,

可怜不解眺中愁。

三百零八

遥看星河星万颗,
人生如露又如波。
短歌魏武随风去,
长恨明皇丘若阿。

三百零九

十五冰轮挂昊空,
关河万里路千重。
离别莫笑征夫泪,
多少迄今犹未逢。

三百一十

远眺湖光浩若天,
青山直映水波间。
浮洲碧草没烟雨,
一叟垂纶双鹭旋。

三百一十一

塞北秋来牧草黄,
雁行南去朔风狂。
丈夫万里勒功返,
多少春闺犹弄妆。

三百一十二
塞外烽烟今已消,
秋风瑟瑟古墙高。
可怜多少春闺梦,
只是枯骸和野蒿。

三百一十三
胡天雁去雪纷纷,
终日秋风瑟瑟闻。
莫笑葡萄帐中醉,
可怜枯骨未成坟。

三百一十四
一骑绝尘边报急,
单于南下纵轻蹄。
弓刀明月飞白雪,
杀退匈奴出陇西。

三百一十五
冬风瑟瑟雪茫茫,
忽报单于犯汉疆。
烽燧狼烟伴连角,
胡蹄北遁矢如蝗。

三百一十六
冽冽塞风旌帜翻,

一空白雪卷寒关。
帐中冷落凭卮酒，
自古几人征战还。

三百一十七
高墙宛宛岭叠叠，
烽火依稀落日斜。
不见胡蹄与飞矢，
唯余北雁塞云接。

三百一十八
秋尽江南天未寒，
鲜花依旧草如烟。
孰言秋景最萧瑟，
碧水斜阳白鹭旋。

三百一十九
诗亦生活生亦诗，
纵然才喻未为迟。
诗心不老何足惧，
踏遍千山饮万卮。

三百二十
明月星稀人好思，
所思千古未得知。
今夕又见娟娟月，

多少无眠诗与痴。

三百二十一
纵使夕阳无限好，
奈何只是近黄昏。
古来老骥志千里，
烈士暮年心未泯。

三百二十二
昔日持秧插水田，
人稀田广火轮悬。
腿酸腰断汗如雨，
方晓民生多苦艰。

三百二十三
人生一世草一秋，
终有干枯终有休。
青史留名几人够？
未如万里览神州。

三百二十四
人生苦短几十秋，
看淡风云看淡愁。
一碗山茶心可净，
一壶浊酒又何忧？

三百二十五
秋来塞北雁南飞，
飞过朝霞与月辉。
纵使千山和万水，
明年依旧定时归。

三百二十六
塞北秋来枯草长，
犹如万里野菊黄。
昔时战马萧萧去，
今日羊群望若霜。

三百二十七
夏雨啪啪一阵急，
霎时打透路人衣。
湖边瘦叟轻竿举，
只看烟波不看堤。

三百二十八
仰观万里夏空遥，
无尽天辰浮九霄。
我自何方去何处？
流星划过玉河涛。

三百二十九
游园尽放古稀花，

歌舞太极棋与茶。
夕照桑榆未为晚,
此时依旧满天霞。

三百三十
谁言人老步难移?
林下太极多古稀。
纵使桑榆莫服老,
心如潮水荡长堤。

三百三十一
四月青桃已泛红,
顽童枝下变馋童。
一年一度盈盈季,
只是时光总遽匆。

三百三十二
华夏煌煌耀宇寰,
风骚曾领数千年。
可怜百载羞夷寇,
今又复如朝日悬。

三百三十三
孰言女子不如男?
一样文心中状元。
织绩庖厨作诗赋,

古来本是半边天。

三百三十四
仰望流星闪九玄,
一划划向渺然间。
人生不过数十载,
最美留于青史传。

三百三十五
明月浮升星渐稀,
繁星闪烁月轮离。
人生收放当如此,
放似龙驹收若衣。

三百三十六
天上流星河汉飞,
田间萤火去还回。
乡村夏夜迷人眼,
只是韶华不欲归。

三百三十七
黄鹂婉转木阴阴,
处处蝉鸣夏草深。
山径折折少人往,
暮烟隐隐远钟闻。

三百三十八

一片烟波水鸟飞，

几人闲钓几人归。

正值三月春芳季，

小醉溪边溪不回。

三百三十九

绿树婆娑展碧天，

夏风总好乱其间。

平生闲雅诗书静，

却恨杂音耳畔喧。

三百四十

天外潮波卷卷来，

散礁一片万花开。

风烟深处浮云下，

应是蓬莱飘九垓。

三百四十一

长望烟波滚滚开，

浪潮席卷万千排。

人生如露当豪壮，

对此直飞到九垓。

三百四十二

夏日蚊虫帐外旋，

有时整夜不得眠。
人生烦恼常常在，
一片诗心可畅然。

三百四十三
昔日江边望浩然，
人生渺渺去如烟。
欲行天地万千里，
玉杖谢屐山水间。

三百四十四
常行断壁九重天，
伸手可摩仙阙缘。
俯瞰人寰不得觅，
偶闻犬吠渺茫间。

三百四十五
夏夜常观万里星，
玉河横断女牛情。
纵然鹊渡能相会，
难掩天庭也不平。

三百四十六
仰望星空万里遥，
玉人何处在吹箫？
风流多少成空寂，

一尾流星河汉消。

三百四十七
夏夜流萤接万星,
以为身在玉河中。
蛙声一阵回人世,
缕缕稻花香满空。

三百四十八
秋夜露零千里间,
疏枝明月挂如盘。
秦唐若此今依旧,
只是昔人已阒然。

三百四十九
纵览史书鏖战多,
江山万里每侵夺。
男儿碧血流沙场,
即使千秋闻若歌。

三百五十
春日迟行曲水边,
为君折柳望寒关。
山高路远遥相问,
不扫倭贼终不还。

三百五十一
狂风骤雨晚来急,
道上行人泼尽衣。
拳起三千快如电,
万年不老笑残夕。

三百五十二
水鸟和鸣细柳新,
山花烂漫草如茵。
可怜多少痴情种,
空望不归心上人。

三百五十三
苍苍碧草卷白云,
一谷鲜花万马奔。
最是伤心月如诉,
伊人远适断人魂。

三百五十四
草也茫茫花也新,
牧人蜂女已情深。
可怜雨夜驼铃去,
秋月如哭似断魂。

三百五十五
折柳曾经送远郎,

京华一去两茫茫。
还乡衣锦娇娘笑,
只是伊人空守房。

三百五十六
一夜鸣蝉不欲歇,
月升又到月西斜。
玉人满眼伤心色,
秋近郎君未守约。

三百五十七
还忆春风烟柳斜,
玉娥袅袅步如蝶。
溪波未改花依旧,
只是空余月正缺。

三百五十八
山村夜近捣衣传,
只是声非泪未干。
还忆烟花三月里,
相逐溪水水涓涓。

三百五十九
一片杂花柳似烟,
溪波婉转鸟声连。
春风不改月依旧,

只是心人何日还。

三百六十

垄上桃花次第开，
春风摇曳玉人来。
众寻百度不得见，
偏又双蝶相乱怀。

三百六十一

夏日常于水上漂，
心如鸥雁到丛霄。
廉公莫问能餐否，
志可凌云飞马遥。

三百六十二

溯溪激水水如飞，
犹似千军万马随。
多少男儿死沙场，
可怜魂魄未得归。

三百六十三

掠水轻鸥去远天，
青山隐隐泛白烟。
余生愿借双飞翼，
阅尽人间阅九玄。

三百六十四
夏日漂流山谷间,
折折溪水下叠岩。
一激波散三千里,
溅满星辰笑满天。

三百六十五
溪水漂流舟若飞,
一飞飞到九天垂。
人生如寄当豪迈,
醉跨龙驹饮万杯。

三百六十六
昨夕梦里跨乌骓,
游尽天涯不欲归。
霄上鸿鹄思远蓊,
纵然月落雪花垂。

三百六十七
僵卧山村眉月升,
凉风孤枕梦弗成。
古来多少轮台事,
身老沧州一场空。

三百六十八
月下西楼人不眠,

露华湿发又湿衫。
郎君北战无音信，
相送泪痕还未干。

三百六十九
垄上桃花三两枝，
溪边绿柳细如丝。
黄莺恰恰啼还罢，
款款白衣玉女迟。

三百七十
春去春回花又开，
玉人何事不宽怀？
郎君骑战三千里，
约定春归马未来。

三百七十一
碧草苍苍羊若霜，
毡包点点马蹄香。
歌声飘荡花丛里，
闻醉蜂蝶闻醉郎。

三百七十二
昨夕又梦捕鱼忙，
醒是客乡非故乡。
人世桑田谁可料，

每持晓镜发苍苍。

三百七十三
芦花丛里两莺啼，
波上几鸥飞暮夕。
荡起扁舟任风邈，
一壶浊酒月如衣。

三百七十四
若是昨夕梦不还，
原知万事尽空谈。
未如玉杖登千仞，
把酒临风一览山。

三百七十五
闻言欲雨未得知，
山下禾苗枯作丝。
一夜倾盆水如注，
农夫笑若绽花时。

三百七十六
昨夜山川一片白，
秋霜好似月光来。
鸟儿疑是零初雪，
草上枝头尽放怀。

三百七十七
秋来霜叶似残阳,
四野直铺接九苍。
莫道寒冬已临近,
此时正是万菊黄。

三百七十八
秋来孤夜不成眠,
塞外萧萧月色寒。
何处羌笛怨杨柳,
关山万里念江南。

三百七十九
花季不惜花尽开,
花零始念旧花来。
无花唯有空枝荡,
待到明年须发白。

三百八十
醉卧山村抵九霄,
晨来野雉雏林梢。
白云窗外浮峰里,
一片梯田望若涛。

三百八十一
一条飞瀑挂前山,

万缕轻烟飘九玄。
天路折折没云去,
可通金阙看神仙。

三百八十二
夜卧高楼酒已酣,
晨闻鸡唱万峰间。
开轩九野翻云海,
点点孤洲没又悬。

三百八十三
古道蜿蜒穿断崖,
漫山尽是杜鹃花。
流溪飞瀑迭相替,
直到云端醉酒家。

三百八十四
云中野道杜鹃开,
碧水一溪天上来。
五月山间春到晚,
雉鸡林里唱心怀。

三百八十五
人挂山间溪挂崖,
直登云上到仙家。
浮在天边远尘世,

一片白烟接晚霞。

三百八十六
新安江上水茫茫,
水上新安如画廊。
两岸青山远波映,
白屋一片染重苍。

三百八十七
山道弯弯过险岩,
蓦然飞瀑挂前川。
疑为天水出云渚,
洒向人间一片烟。

三百八十八
昼驰古道紫云间,
夜宿农家山月悬。
雉雏窗前迎远客,
清风还送土蛙连。

三百八十九
昼行野道万寻间,
夜饮天边月上山。
小醉花丛闻杜宇,
烟峰深处有神仙。

三百九十

溪水长流逝不回,

暮春远去亦弗归。

唯余峰岭云烟下,

杜宇花开雨露垂。

三百九十一

夜宿农家小院宽,

门前溪水去弯弯。

蛙声入耳清风过,

一片繁星挂远天。

三百九十二

夜宿皖南峰岭间,

鸡鸣雉雏鸟声连。

农翁晨起锄坡上,

一片轻烟漫四山。

三百九十三

林下长穿半壁间,

流溪飞瀑尽溅溅。

野花怒放无人赏,

春笋抽节细雨天。

三百九十四

半岭山花半岭茶,

半空烟霭半空霞。
一人一犬一斜径，
一曲一锄一垄芽。

三百九十五
多山多雨又多烟，
轻霭常常浮碧天。
不是犬声闻未已，
疑为身处九极间。

三百九十六
门外山溪宛转流，
流经冬夏与春秋。
田园一片云烟漫，
浊酒长年无复求。

三百九十七
晨见云峰飘彩霞，
夜观沧海卷白花。
愿从玉帝赊龙辇，
览尽八荒览九崖。

三百九十八
每行野岭大山间，
一世一回难再还。
纵是人生亦如此，

相逢多少不相联。

三百九十九
冬登万仞武功山,
夜宿和衣带汗眠。
还有鼾声雨声起,
人生之乐在云端。

四百
江南一带好河山,
多少春游不欲还。
倭寇曾经虐如鬼,
依然战地忆烽烟。

四百零一
一寸山河一寸血,
怎教倭丑乱中华?
吴钩跨马萧萧去,
不勒燕然不欲家。

四百零二
昔时战地野花芳,
多少男儿未返乡。
豸豸倭贼耻千载,
九州复起耀重苍。

四百零三
长瞻抗日无名冢,
热血沸腾心毅然。
多少男儿骋沙场,
倭贼不灭不思还。

四百零四
每游古迹绪飘然,
多少英雄昔日观。
一瞬白驹已飞隙,
可怜独咏小诗篇。

四百零五
大漠孤烟直上天,
长河落日水中圆。
塞关萧瑟飞胡马,
未勒燕然不欲还。

四百零六
得得胡马野花闻,
何处春风尽惹尘。
河水清清晚笛脆,
轻歌飘荡草深深。

四百零七
电视连观书不端,

手机频看夜弗眠。
卿身今岁才而立,
未老先衰学业残。

四百零八
古人常览圣贤书,
今者手机游戏逐。
不事庖厨弗稼穑,
学业已休身已枯。

四百零九
江南荷叶夏田田,
一阵清风香满天。
细语轻歌波上邈,
小舟摇曳采莲喧。

四百一十
夏来芰叶满池塘,
石系木钩抛水央。
一去光阴数十载,
梦中几度已回乡。

四百一十一
山雨欲来风卷云,
雷鸣电闪正黄昏。
禾苗焦渴流溪下,

丛里蛙声又可闻。

四百一十二
村外青山村里溪，
黄昏不断捣春衣。
风来油菜香庭院，
数犬才鸣鹃也啼。

四百一十三
山间三月野花多，
开满溪边开满阿。
几处蜂蝶枝上舞，
村姑春色尽婀娜。

四百一十四
雨后梨花娇欲滴，
雪蝶一对舞云衣。
水边玉女轻歌邈，
林下笛声过小溪。

四百一十五
春步皖南山岭高，
红旗猎猎小村飘。
昔人已去烽烟冷，
热血心头从未消。

四百一十六
岳西苍翠耸丰碑，
昔日红军岭上飞。
杜鹃灿若朝霞色，
一腔热血洒山陲。

四百一十七
倭寇如魔戕虐多，
同胞遇难血成河。
曾经烽火依稀去，
中华复起若山阿。

四百一十八
鲜花尽放惹人怜，
只是凋零空自悬。
尘世何尝不如此，
春光莫让负红颜。

四百一十九
一夜春风一夜雨，
半池碧水半池荷。
轻竿垂钓蜻蜓立，
鱼惹涟漪烟鸟歌。

四百二十
一人垂钓几人观，

波上烟霞接远天。
最是野禽闲不住，
双双入水又飞旋。

四百二十一
鄂西观岭岭千重，
霞色半空烟半空。
苍屿飘来又飘去，
渔舟不见见蓑翁。

四百二十二
又是炎炎六月天，
翠林苍莽暑相连。
可持玉杖临千仞，
风也习习山也烟。

四百二十三
远观青岭近观田，
岭下白屋岭上烟。
一片黄花一道水，
几只苍鹭几回旋。

四百二十四
一道溪河几道弯，
千重翠影万重山。
两只白鹭随舟起，

四望田园笼暮烟。

四百二十五
一条天路上丛霄,
轻若蛛丝宛宛飘。
万仞绝崖相对峙,
金沙江水泻滔滔。

四百二十六
金沙两岸耸烟崖,
空里木棉红若霞。
碧水飘飘如玉带,
云中天路到仙家。

四百二十七
冬看长白如月轮,
狂风吹卷雪纷纷。
仙娥玉镜妆台落,
碧水一池照九阍。

四百二十八
婺源春日菜花黄,
万片金光映九苍。
忽见雪帆空里挂,
叠叠墟落耸白墙。

四百二十九
澜沧江上艇如飞，
水畔歌声傣寨回。
金塔干栏百花放，
惹得仙客下天陲。

四百三十
昨夕欲尽未成眠，
时有烦蚊叮耳边。
听取蛙声看萤火，
何须辗转不心安。

四百三十一
卯时未至鸟声连，
欲睡还觉入梦难。
遂念人生数十载，
何如林鸟尽闲闲？

四百三十二
蒙蒙细雨漫如烟，
长叶离离珠玉连。
欲落蜻蜓飞又去，
微风一缕荡还悬。

四百三十三
暮雨淅淅轻打荷，

粉花欲放叶婆娑。
水鸡已醉交交唱,
奏起蛙声歇不得。

四百三十四
欲暮雨歇观杏花,
可怜一片落如霞。
不知今夜起风否,
未晓明朝余几丫。

四百三十五
雨打浮萍浮不平,
风吹柳影柳还盈。
惜春总怕春光去,
欲暮池边款款行。

四百三十六
半池荷叶半池花,
一夜鸣蝉一夜蛙。
最是清风闲不住,
送来春雨到农家。

四百三十七
半夜冰轮一夜蝉,
一溪萤火半溪烟。
清风尽惹芦花荡,

蛙鼓未歇接噪鹃。

四百三十八

柳上黄鹂柳下鸥,
碧禾漠漠碧溪流。
轻烟一片轻云去,
几处篁竹几幢楼。

四百三十九

春日鲜花开满巅,
一条花瀑挂云天。
村娥不返仙娥慕,
最美人间三月山。

四百四十

独库夏时花满山,
飞车挂在断崖间。
一丝天路随风去,
岭下云杉岭上烟。

四百四十一

夏日昭苏油菜花,
遍开四野遍天涯。
花间少女在何处,
一片黄绸一缕纱。

四百四十二
仰望云天长瀑飞,
下观只是细波垂。
人生世事存千态,
心美何忧美不归。

四百四十三
夏溯山溪流水清,
蝉声树影碧渊平。
水能洗却心尘去,
山可修得心慧生。

四百四十四
水上桃花水下发,
一池清水满天霞。
多情最是游鱼闹,
误把花荫总作花。

四百四十五
河堤生柳水生花,
一叶渔舟波上划。
两岸青禾白鹭起,
仙家不慕慕农家。

四百四十六
远处青山一线连,

青山之外尽蓝天。
不知万里鸿鹄志，
越过人间多少山。

四百四十七
旅途疲惫又心安，
可看人间无数山。
烈日驰飞井空里，
潺潺溪水下峰烟。

四百四十八
最喜毛竹挂满山，
一直挂到彩云间。
人生亦有绝峰在，
越过天关傲宇寰。

四百四十九
春风缕缕月娟娟，
细柳如丝溪水还。
玉塞萧萧念鲈脍，
可怜寂寂也姗姗。

四百五十
一片竹篁几树桃，
一条溪水几屋茅。
鸡鸣理秽南山下，

日暮荷锄归小桥。

四百五十一
身似老翁心似童，
手持金棒可腾空。
人生半百何足惧？
万里河山万里行。

四百五十二
万里神州万里黄，
河山锦绣遍八荒。
春天油菜秋天草，
看尽江南看北方。

四百五十三
万卷竹书万首诗，
河山万里不心辞。
金樽高举邀明月，
尽览苍崖烟涌时。

四百五十四
卷卷潮波去九苍，
台湾屹立水中央。
神州万弹千艘舰，
几个蟊贼未敢狂。

四百五十五
自古台湾未可分,
愿持长剑御风云。
海潮滚滚白鸥起,
斩却妖魔不扣门。

四百五十六
壬寅酷暑热如何,
飞鸟长空掉岭坡。
走兽林荫不离水,
行人户外汗成河。

四百五十七
壬寅酷热汗湿衫,
夏烤秋蒸行路难。
七月江南十九夜,
可怜万户未成眠。

四百五十八
江左初秋似火炉,
霜轮夜挂又何如。
河伯借问清凉地,
云瀑烟溪冰入肤。

四百五十九
今岁金陵已入秋,

依然热浪未曾休。
欲租东海龙宫寝,
再借九天瑶水游。

四百六十
夜阑伏案汗滴书,
盛暑热风思未枯。
金榜从来无浪子,
丹青万古有鸿儒。

四百六十一
一首心诗一份思,
一思未了寄一诗。
诗成道尽心中意,
只是他人不必知。

四百六十二
江南如画费丹青,
草长莺飞烟雨生。
秋月春花千载去,
江南如画费丹青。

四百六十三
三年鲜有远程游,
不老青山等未休。
他日云中望烟岭,

诗篇万首诵千秋。

四百六十四
云中望断是天涯，
万里河山万里花。
自古丈夫沙场死，
烽烟跨马不思家。

四百六十五
酷热初秋路草黄，
古稀流汗在拾荒。
人生无处不勤进，
岁月纵然双鬓苍。

四百六十六
中岁人生杂恙多，
身姿不若旧婀娜。
此时最要如年少，
体动心欢孰奈何。

四百六十七
一寸光阴一寸金，
寸金犹在逝光阴。
韶华易去如弹指，
莫让心扉不见春。

四百六十八
冯唐易老又何从,
李广难封未寿终。
千古史书多少事,
可怜悲恨尽成空。

四百六十九
江左初秋热汗连,
北疆几处雪绵绵。
山川如画万千里,
只是丹青深浅间。

四百七十
初秋热浪卷江南,
一片蝉声窗外连。
人世年华几回有,
丈夫何论暑和寒。

四百七十一
一阵秋风暑气消,
水波潋滟野凫飘。
江南本是清佳地,
多少丹青写暮朝。

四百七十二
处暑初来凉气回,

秋风一缕落花吹。
谢屐玉杖登山去，
不负神州到九陲。

四百七十三
秋池堤树紫花开，
水上莲蓬枯色来。
人世何尝不如此，
且将黄发作童孩。

四百七十四
檐下一窝乳燕飞，
明春花放客乡回。
年年岁岁别还见，
只是见时人已非。

四百七十五
友人邀我览山河，
秋上烟巅夏涉波。
冬日南行看花海，
春天跨马望冰阿。

四百七十六
今看他诗涩语多，
欲知初意未能摩。
试观千古流芳句，

无不天然心且琢。

四百七十七
丛边夜步奏秋虫,
声紧月凉初露轻。
待到明年月还在,
彼虫不是此虫声。

四百七十八
湖里秋荷花色稀,
莲房轻举露湿衣。
此情千载成诗句,
今夜玉轮伤水堤。

四百七十九
夜阑静卧老山旁,
眉月秋虫清露凉。
一去光阴十五载,
青丝几缕染白霜。

四百八十
初秋晨露鸟声闻,
枝上鸣蝉空里云。
远处青山映黄稻,
几只白鹭舞纷纷。

四百八十一
老山遥望翠绵绵,
岁岁波清烟鸟旋。
我问老山何日老,
老山问我几时闲。

四百八十二
一座湖山水若烟,
几只白鹭碧波旋。
轻舟野叟斜阳钓,
细柳秋风小渡闲。

四百八十三
山谷秋池烟水平,
半边荷色半边清。
几只闲鸟波中戏,
直到日沉霜月升。

四百八十四
清风翠苇碧溪流,
一片金黄两岸秋。
飞起白鸥落苍鹭,
几声渔唱晚归舟。

四百八十五
舟入芦花白鹭飞,

钓丝轻笠晚风吹。
深山正是农闲季，
烟雨春溪浊酒杯。

四百八十六
春雨蒙蒙沾发衫，
苍山似雾水如烟。
人间多少丹青手，
纵使千秋画不完。

四百八十七
晚步丝丝毛雨连，
犹豫小伞未回还。
忽而似豆发如洗，
返取即出失若烟。

四百八十八
神州之大大如何，
万里江川万里阿。
塞雁南飞终不度，
荔枝北上马虚脱。

四百八十九
秋日山行鸟语清，
天高云淡雁疏声。
一番美景千诗赞，

红叶凋完又是冬。

四百九十
秋水清清秋岭红，
北国秋色染云空。
南飞塞雁无留迹，
宛转长城去若龙。

四百九十一
秋日闲来野岭行，
碧湖红叶淡岚升。
远观深处炊烟起，
风里依稀闻犬声。

四百九十二
缘水深行闻犬声，
白屋一片淡烟升。
适逢霜叶秋收季，
远望山人割稻中。

四百九十三
一支菡萏舍中娇，
夜半花凋不至朝。
霞瓣萎零黄蕊落，
无源万物尽枯焦。

四百九十四
一片田园秋稻黄,
秧鸡呖呖咏声长。
几只白鹭翩翩舞,
三两儿童溪里忙。

四百九十五
昨夜观书眼涩时,
遥思咏老有白诗。
人生易老终将老,
黄发宜当梦里驰。

四百九十六
逢秋万古叹萧萧,
瑟瑟西风芳蕊凋。
白鹭澄波红叶粲,
其实秋日也妖娆。

四百九十七
西风渐起月如霜,
万里征人别梓乡。
秋水望穿君不见,
冰河铁马战寒疆。

四百九十八
西风渐紧雨潸潸,

秋日成诗心粲然。
万里河山尽如画，
四时何不寄其间。

四百九十九
江山如画尽豪杰，
多少春秋芳已歇。
遥望金陵涛浪远，
唯余鸥鸟晚风斜。

五百
盛暑如蒸雨不来，
西风瑟瑟雨帘开。
莫言未称心中意，
人世应须常放怀。

附：词五十首

捣练子·春岭

春日暖，岭花开，几片红霞几片白。袅袅茶歌云里唱，引得布谷亦抒怀。

捣练子·钓舟

眉月照，碧溪流，一片蛙声传钓舟。蒲苇丛中苍鹭起，萤光点点送飞鸥。

捣练子·月夜

清露起,月如钩,一片蛙声传小洲。丛里轻轻萤火闪,几声犬吠到渔舟。

捣练子·观潮

天水下,浩茫茫,滚滚惊涛千里长。一扫礁滩席卷去,犹如万马越洪荒。

捣练子·秋

秋岭下,古村旁,一树千年叶似霜。泪落西风人已瘦,云空灿烂也沧桑。

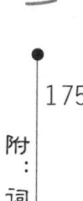

捣练子·秋思

黄叶落,雁南飞,瑟瑟西风陇上吹。多少无定河畔骨,可怜岁岁梦春闺。

捣练子·秋塞

风瑟瑟,卷黄沙,秋雁南飞塞马发。月下单于逃漠北,征人数载未归家。

捣练子·塞关

风怒吼,卷河关,一夜辕门大雪寒。战马啾啾连角起,胡蹄不叫度阴山。

渔歌子·春行

春上烟山鸟语闻,花开野径草深深。溪水去,照流云,蝉鸣蛙鼓净心魂。

渔歌子·山村

苍岭叠叠碧水流,竹林深处掩白楼。黄犬吠,雉鸡游,田边翁媪语休休。

渔歌子·村行

春日黄花四野芳,一条碧水映白墙。农叟作,浣歌扬,儿童垄上牧牛羊。

渔歌子·山间徒步

白烟青岭杜鹃开,树上鸣蝉尽放怀。芳径去,碧云来,一片春心漾九垓。

渔歌子·池荷

清风皱起满池波,一片红花映碧荷。蛙鼓闹,鹂鹏歌,赞罢春姑赞夏娥。

渔歌子·溪桃

一溪春水几棵桃,粉蕊夭夭晓露潮。黄鸟唱,彩蝶飘,芳影风来水上摇。

渔歌子·观紫藤花

紫藤如瀑挂云空，花下春娥楚楚中。蝶舞曼，鸟歌清，不是人间是玉宫。

渔歌子·秋水

一湖秋水鹭飞飞，渚上白烟淡影垂。渔叟唱，钓舟归，野雉声声暮岭回。

渔歌子·暮秋

九月天高木叶红，啾啾轻鸟唱林中。归雁去，暮秋空，江南遥望岭重重。

调笑令·海潮

涛浪,涛浪,天水叠叠铺降。大潮万里飞来,直把平滩揽怀。怀揽,怀揽,惊起白鸥一片。

调笑令·秋山

遥看,遥看,空里秋山云卷。层林似火如霞,胜过三春杏花。花杏,花杏,醉倒神仙不醒。

调笑令·溯溪

炎热,炎热,直去皖南墟落。碧溪苍岭白烟,时溯时游笑谈。谈笑,谈笑,扬起清波不老。

调笑令·漂流

飞水，飞水，直下青山不废。小舟顺势急流，时落时旋忘忧。忧忘，忧忘，犹似天河破浪。

调笑令·观菜花

村野，村野，一片黄花烈烈。疑为仙子云衫，又似余音邈悬。悬邈，悬邈，一阵清风袅袅。

调笑令·武功山云海

危耸，危耸，武功千峰云涌。白烟如醉如痴，忽去忽来雨湿。湿雨，湿雨，漫卷狂风万缕。

调笑令·西海落霞

记黄山之西海大峡谷也。

西海,西海,深谷万寻烟霭。云空一片落霞,飞鸟苍松断崖。崖断,崖断,五彩轻纱如幻。

调笑令·毛竹

苍翠,苍翠,满眼竹涛心醉。直铺岭上入云,半壁白烟摄魂。魂摄,魂摄,一阵雉鸡长乐。

如梦令·花开野山

三月野山花绽,最是杜鹃红灿。树上万蝉鸣,似赞春花妖艳。长看,长看,日暮姗姗才返。

如梦令·鸡鸣

晨岭白烟弥漫,犬吠鸡鸣无断。野雉雏声闻,正向山村呼伴。听见?听见?树上崖边溪畔。

如梦令·白桦

原野苍苍驰马,丘上茫茫白桦。夜月泻清秋,冬雪扬扬飞洒。如画,如画,疑是天宫飘下。

如梦令·道逢山僧

徒步山中幽道,唯有蝉鸣花俏。深处遇孤僧,轻屦宽袍微笑。山坳,山坳,隐隐钟声缥缈。

如梦令·溪柳

轻曳娑娑溪柳,春水流波依旧。细雨泪曾折,已换新丝柔秀。知否?知否?衣带渐宽人瘦。

如梦令·紫金白雪

记金陵紫金山之雪后也。

弥望紫金如月,昨夜纷纷飘雪。滟滟后湖波,倒映头陀天阙。摇曳,摇曳,鸥鸟长飞一列。

如梦令·咏老

又是西风催泪,渐渐皱纹多缀。每困梦难清,欲饮奈何常醉。谁悔?谁悔?未到巅峰弗退。

如梦令·秋荷

莫道秋花难放,且看溪边波上。虽已举枯蓬,依旧红花轻荡。蛙唱,蛙唱,还有鹧鸪声响。

浣溪沙·荷塘

半亩荷塘半亩萍,半池摇曳半池凝。红花鄂鄂叶亭亭。丛里青蛙鸣阵阵,水边白鹭舞盈盈。儿童老叟钓丝轻。

浣溪沙·禾

百亩青禾碧岭间,晚生白露早生烟。秧鸡昼夜咏关关。炎夏苍苍风雨聚,金秋灿灿廪仓连。农家小酒醉还欢。

菩萨蛮·金陵

秦淮滟滟高墙耸,大江东去惊涛涌。玉宇峙云端,白鸥水上旋。千秋追往事,多少迷金纸。粉黛帝王州,风烟去不留。

菩萨蛮·春岭深行

三春深岭行幽径,野花漠漠林间映。蝉噪未停歇,鸟鸣还舞蝶。钟声传远寺,借问唯遥指。隐隐见白烟,僧归不欲还。

卜算子·归鸟

落日照桑榆,闻唱渔舟晚。远处姗姗鸟雀归,巢里还温暖。仰望慕高枝,可见无边远。纵使狂风骤雨交,不看鲰生脸。

卜算子·落霞

欲暮落霞红，孤鹜凌秋水。一片轻纱笼翠林，粲粲如芳卉。
人世未如心，遇事常难遂。知命将临又若何？万里河山醉。

卜算子·冬雪

一夜卷狂风，大雪纷纷洒。晨起茫茫遍地白，满树绒棉挂。
飞鸟没林中，唯有足痕画。一叟孤竿钓水边，雪落芦花下。

诉衷情·梦

时时梦里骋关山，跨马战胡天。尘裹血染沙场，千里角声连。
群虏退，弃盔幡，去如烟。夜凉如月，刁斗还敲，烽火难眠。

忆秦娥·关塞

风怒叫,黄尘漠漠枯枝掉。枯枝掉,箫声呜咽,冰河夕照。

燕山鄂鄂云中峭,高墙宛宛烽台老。烽台老,啾啾胡马,仰天空啸。

更漏子·观史

夜观史,回大汉,塞外匈奴常乱。飞将在,战单于,雪天驰马驹。

及武帝,和亲断,卫霍连袭千里。击大漠,扫王庭,塞关一战平。

西江月·三峡

青岭峨峨高峙,平湖漭漭无休。天波万卷向东流,一坝横截如狩。

遥望秭归渺渺,黄牛耸立云头。长风破浪远舟游,飘起白鸥苍狗。

醉花阴·饮酒

眉月疏枝斜影动,清露蛙声重。浊酒饮才酣,醉眼迷离,往事千般涌。

纵然心在天山骋,却老沧州痛。叹似水流年,壮志难酬,万古皆如梦。

浪淘沙·凭栏

独自莫凭栏,无限征帆,江涛滚滚逝无还。拍遍栏杆人不会,借酒还欢。

春意已阑珊,花落飘然,光阴虚度五十年。长望轻鸥波上飞,心泪潸潸。

鹊桥仙·昨夕又雨

三春欲尽,昨夕又雨,淋落杏花无数。晨来泥路满湿香,不忍看、凋零几树。

蜜蜂才去，蝴蝶又走，只有鸣蝉如故。惜花总是叹花辞，更何况、流年亏负。

蝶恋花·莺啼

几树海棠开烂漫。恰恰莺啼，婉转如痴幻。玉女观花无意看，蜂蝶飞舞翩翩见。

最盼春风吹蕊绽。又怕春风，吹落花枝艳。一载良辰难再现，且将万里初心缓。

谢池春·秋游

遥望三秋，万里层林皆染。雁南飞、浮云淡淡。鸣禽吟唱，野实枝头炫。带朝阳、落霞相伴。

山巅远眺，一片叠叠如焰。纵丹青、难摹粲粲。千秋河岳，总如痴如幻。驾龙车、九州流览。

江城子·夜观金陵

夜阑初醒眺金陵,月莹莹,万家灯。一片流光、闪烁似河星。栉栉玉楼千万幢,淮水逝,大江东。

千秋往事现重重,去台城,没明宫。梦里十朝、李煜客词空。虽道帝州多祸难,谁可遏,应天兴。

后记

　　拙诗云:"晨见云峰飘彩霞,夜观沧海卷白花。愿从玉帝赊龙辇,览尽八荒览九崖。"又云:"友人邀我览山河,秋上烟巅夏涉波。冬日南行看花海,春天跨马望冰阿。"余所好者,游也。余之游,观于沧海,登于雪山;浮于烟水,挂于断崖;低至幽谷,高至云岭;近至金陵,远至天涯。余游,有所观,并有所思,且有所记,遂成诗也。余之诗,余之行也,亦余之心也。所憾者,因寰宇之疫,近年所游者,寡也。

　　此为《江山如画》之第四部,含"江苏之颂""安徽之颂""江西之颂"及"其他",计六百六十九首,多组诗,以绝句为甚。其五言七十三首,七言五百九十六首;绝句六百四十九首,律诗二十首。多山水与田园,亦有怀古、咏史、咏物、哲理、励志及边塞等。其少者三十二首,多则五百一十七首。其间,《壬寅杂诗五百首》乃随记余之所历、所见、所感、所想及所拟也,随作随列,未类之也;有山水、田园及他类,此亦余之所爱也。另附词五十首。

余不揣谫陋,择句若干于此,以就教也:

"长谷豁然开,一溪天上来。""人挂苍天外,禽鸣九野间。""池堤生绿草,园柳咏黄禽。""飞角似眉月,粉墙如雪帆。""清波映桥榭,白鹭舞田园。""一曲渔歌唱,飞鸥没水烟。""白瀑落千尺,苍崖悬九天。""青岭白帆碧空尽,疑为梦里在蓬山。""清晨鸡唱云天里,日暮蛙鸣溪水边。""夜露如珠月似钩,半江渔火半江秋。""一岭风烟一岭秋,半江落日半江留。""白鸥飞舞白云去,丛里芦花丛外舟。""溪上桃花三两枝,风吹波去影还湿。""几只水鸟林间咏,一半春光一半痴。""半岭浮烟半空絮,几幅水墨挂千回。""半岭山花半岭茶,半空烟霭半空霞。""一片黄花一道水,几只苍鹭几回旋。""一条天路上丛霄,轻若蛛丝宛宛飘。""半池荷叶半池花,一夜鸣蝉一夜蛙。""半夜冰轮一夜蝉,一溪萤火半溪烟。""花间少女在何处,一片黄绸一缕纱。""欲租东海龙宫寝,再借九天瑶水游。""冬雨连绵冬鸟啼,烟舟烟水钓蓑衣。""他年国破丹青手,一片伤心画不成。""一壶浊酒山河醉,闲看烟波映彩衣。""犹如万马萧萧去,手把吴钩散虏蹄。""一蓑独钓涟漪起,浊酒篷舟不欲归。""江南正是烟花景,尽醉春心尽醉衣。""苍鹰浮在白云下,骏马飞于天水边。""夏雨初歇蝉未歇,流莺歌唱斗花蝶。""樱花一片粲然开,犹似娇娥笑满怀。""九天星斗消息里,万点萤光明灭间。""波心小屿鸳鸯戏,几处黄鹂婉转鸣。""溪水潺潺归浣女,几只鹭鸟舞斜阳。""清风吹过鱼漂动,误举空竿还净心。""竹林深处涧波流,几缕炊烟几座楼。""多情最是花间柳,轻絮随风乱认家。""玉娥素手云中采,一阵乡谣带水娇。""一对黄鹂枝上啼,纷纷花雨洒罗衣。""离客观花怕花落,每逢花落倍心伤。""一片斜阳归去远,钟声杳杳暮林空。""山寺林中暮色间,炊烟几缕伴禅烟。""钟声飘落空山寂,一抹斜阳归影寒。""樵歌还伴残阳色,一片苍苍几缕烟。""黄鹂鸣柳柳丝垂,白鹭舞池池影随。""花开花谢寻常事,总是多情又损情。""羞红总在不经意,唯有鸣禽相语闻。""扬雄宅古成荒草,诸葛祠空没雨烟。""莫愁尘世无知己,千载谁人不道君?""无情桑海多情老,一缕云烟数百年。""多少笙歌金纸醉,可怜千载尽成空。""几处轻竿钓苍浦,一帘烟雨鹭飞飞。""稻香一阵随风散,翁妪门前尽弄孙。""疏叶萧萧秋雨滋,秋思如雨雨如丝。""此情最怕登高处,吹罢西风愁未消。""可怜多少春闺梦,只是枯骸和野蒿。""莫笑葡萄帐中醉,可怜枯骨未成坟。""帐中冷落凭卮酒,自古几人征战还。""诗心不老何足惧,踏遍千山饮万卮。""我自何方去何处?流星划过玉河涛。""人生不过数十载,最美留于青史传。""垄上桃花次第开,春风摇曳玉人来。""人生如寄当豪迈,醉跨龙驹饮万杯。""昨夕梦里跨乌骓,游尽天涯不欲归。""月下西楼人不眠,露华湿发又湿衫。""歌声飘荡花丛里,闻醉蜂蝶闻醉郎。""莫道寒冬已临近,此时正是万菊黄。""人挂山间溪挂崖,直登云上到仙家。""疑为天水出云渚,洒向人间一片烟。""人间多少丹青手,纵使千秋画不完。""轻竿垂钓蜻蜓立,鱼惹涟漪烟鸟歌。""最是清风闲不住,送来春雨到农家。""村娥不返仙娥慕,最美人间三月山。""多情最是游鱼闹,误把花荫总作花。""两岸青禾白鹭起,仙家不慕慕农家。""金榜从来无浪子,丹青万古有鸿儒。""谢屐玉杖登山去,不负神州到九陲。""待到明年月还在,彼虫不是此虫声。""轻舟野叟斜阳钓,细柳秋风小渡闲。""吴钩跨马萧萧去,不勒燕然不欲家。""自古丈夫沙场死,烽烟跨马不思家。""人生无处不勤进,岁月纵然双鬓苍。""弹指一挥四十载,流年若水又如烟。""纵使孤芳寂中谢,也学芍药牡丹狂。""纵使投石千浪起,江河不废万年流。""栏杆拍遍烟波尽,空把吴钩看万回。""一生不改凌云志,纵使天河万里遥。"

　　壬寅刻梓,幸甚至哉!中正书业,太白文艺,谨志谢忱!
　　方家正之。

陈明富
壬寅九月于金陵